Icterofagia

Copyright Hedra, 2008
Dirceu Villa, 2008

Capa Renan Costa Lima com ilustrações de Giuseppe Maria Mitelli

Diagramação Roberto Maluhy Jr

Revisão Alexandre Barbosa

Dados Dados Internacionais de Catalogação na Publicação (CIP)

Villa, Dirceu.
Icterofagia / Dirceu Villa
– São Paulo: Hedra, 2007

ISBN 978-85-7715-029-8

1. Literatura brasileira. I. Poesia II. Título

07-1942 CDD 869-91

1. Poesia: Literatura brasileira 869-91

EDITORA HEDRA LTDA.

Endereço R. Fradique Coutinho, 1139 (subsolo)
05416-001 São Paulo SP Brasil

Telefone/Fax (011) 3097-8304

E-mail editora@hedra.com.br

Site www.hedra.com.br

Foi feito o depósito legal.

Dirceu Villa

Icterofagia

Editora Hedra
2008

Poemas deste livro foram publicados previamente nas seguintes revistas: *Germina Literatura*, *Poetry Wales*, *Modo de Usar & Co.*, *as escolhas afectivas* & no meu blog *O Demônio Amarelo*.

Sumário

Ele afinou as cordas de sua harpa
Nos tons que ele somente e a sós escuta
Sousândrade, *O Guesa*

Nenhuma das anteriores

Existem gatos e novelos de lã.

A abstração pode ser encontrada nos interstícios que ligam duas coisas sensíveis de modo a lhes conferir um significado, digo, um significado que *inclua as duas coisas*. Fora isso, a abstração é inútil (filosófica), brutal (política) ou insignificante (poética).

Eliot escreveu: "o correlato objetivo". A *seção áurea* da poesia.

É impossível parecer um acessório num país de necessidade.

O espetáculo: promessa de renovar superficialmente tudo que é vazio até que alguém descubra ou desconfie, daí renovar de novo do nada.

A ilusão ignorante de que se está no topo da civilização.

Um dos trabalhos do poeta é tirar as coisas do lugar, isolar, ou estabelecer relações antes invisíveis e fundamentais.

Estamos imersos numa cultura de morte ou misericórdia, i.e., o circo romano, metáfora de bolso para as multidões famintas de farrapos.

Um homem sem mestre ensina a si mesmo e cumprimenta os mortos ilustres.

O progresso da inteligência: do inventivo para o instrumental.

A poesia não está morta, os poetas estiveram dormindo (Jean Cocteau).

Moralidade: se você não sorrir, seus lábios estão com defeito.

MEMÓRIA, A MÃE DAS MUSAS

primeiro sim foi
quando
deuses
tolheram as letras
das tuas
preciosas palavras
e acho te partiram em mil
pedaços
espalharam
teus sons
sem sentido soando
sim mas outros te ouviram
e suponho colheram
tuas sílabas
num tecido de ritmo
indecisas e belas
em fuga perpétua
do sentido
força informe
que desfez
a velha Babel
e a devolveu
num
como é mesmo
num
pequeno milagre.

Syllabus

Proclus falava com os deuses
em Alexandria
e tinha parte com Jove de raios terríveis;
e o vento chegou
vindo do sul, das águas do Pacífico,
numa frente fria.
A cidade é varrida por cerdas de chuva
dia de eclipse e nuvens negras.
Os valetes de terno e gravata
correm nos charcos do asfalto com grandes guarda-chuvas
entre as luzes dos carros,
abrindo as portas para

very important people

comer nas cantinas de nome italiano.
As ruas noturnas se entulham e brilham
líquidas no asfalto, janelas de ônibus embaçadas,
buzinas inúteis, guerra de água e metal;
o asfalto fumega, pessoas se apressam
para casa.

Os deuses se inclinam num pórtico
velho do centro esquecido, em São Paulo:
curvas *art nouveau*
no parapeito em pedaços de um prédio no centro;
ferrugem e tinta em bolor, buracos no reboco.
A chuva cai docemente sobre a cidade,
chuva salobra e cinzenta sobre toda a cidade,
as janelas brilham de raios catódicos,
no céu brilham trovões
e eu ouço o nome de Proclus,
que falava com deuses.

Uma Piada Financeira

E achas na independência o teu salário
"Espinosa", Machado de Assis

Uma piada financeira
Será lembrada no epitáfio
Como dizendo, quase:
Que "usava guardanapos
E tinha certa pose,
Mas até a elegância,
Roída por uma época
E um país surdos para essa...
Arte, esse esporte para os óculos,
Cai diante da urgência
De um contrato, ou menos,
  Mas que lhe pague os sapatos."

Uma piada financeira
Os seus bolsos com buracos,
Mas ele junta então os cacos
Das moedas já sem lastro
E grita à fera Economia
Que ela não vai devorar
Seus trapos;
Fazer da penúria
Puída a mais delicada
Luxúria do estilo, e sorrir:
  "O gênero dos infelizes é a elegia."

Helen

A que sorri tristemente
    a de quadris de louça holandesa.

Helen fica rubra
    Helen lembra
Rembrandt
    como se ele dissesse:
“é você”

Helen de mármore
perdida na plataforma do metrô
    a testa de branco maciço
com detalhes
    a ouro derretido
as ancas como as dos cavalos
pesadas

Ouro fora da escuridão
por um foco de luz
não o elmo dourado

Helen a banhista
de ancas pesadas
como os cavalos
ergue a bata branca
os joelhos grossos imersos

Helen com roupas ridículas
envelhece
ela sorri tristemente.

Anfitrite

Ma mere fu une baleine
"foi uma baleia"
para quem vive uma segunda vez
Jonas

o alto mar cantando ou
imerso
no silêncio imenso
no útero
uma tempestade
azul marinho
o azul não representa o pensamento
o azul profundo quase preto oleoso
o azul é o esquecimento

o ventre de Anfitrite

pássaros infletem as asas
mergulham segundos
e sobem com a presa

a areia branca fofa
arde sob os pés
a banhista
o azul mesclado com pérola
na ressaca
escuro oleoso noturno
silêncio dentro e fora

os cascos coloridos dos barcos
que a água salgada descora

o verde invadido de ouro
nos montes de árvores
o vento nos ouvidos molhados
parece um sussurro
seus cabelos salgados

soltos , , , suaves
ó Anfitrite

Viagens ao Interior

Que me importa vagar pelas trilhas
e pontes com estradas de ferro
que toldam o murmúrio de velhos riachos?
Comer pão caseiro, beber a ferrugem
com água da única xícara que têm os operários?
Em Jarinu os tonéis de aguardente
são como os velhos: de frente um pro outro,
madeira curtida de ternos puidíssimos,
gelados como as lajotas ao abrigo do sol.
Vacas imensas de olhar embriagado,
porcos que metem as fuças em latas de tinta.
Que me importa lembrar dos trens gastos,
à luz das estrelas, ouvindo o rouco coaxar
desses sapos malditos sem sono?

Carta Número Oito

As luvas de cetim
    em suas pombas
brancas
      deslizam
     numa suave seqüência de esses :

     ssssssssssssssssssssssssssssssss

   agulha quase no miolo do vinil
                              árvores
    com espíritos sibilantes na copa
erat verbum
                    como é mesmo?
                              In principio
– aquele foi Æolus
e os ventos em tropa
                    lambendo o forro
                    das cortinas do quarto –

          verbum mirificum,
    nomen ineffabile

                   (silêncio)

       sssssssssssssssssssssssssssssssss

no centro
    há um ponto   no centro de tudo
um ponto que é preciso encontrar
                              se pretende tocar com segurança
e dedos delicados
                         a espinha dorsal desse animal feroz

Diluir em Cafeína

Diluir em cafeína a conversa, as palavras;
Seus olhos, baços, as belas unhas, sujas,
Dou um dinheiro, um aviso, e daí?
Seus olhos brilhavam no primeiro sol:
O dia espalha cores fortes pelo céu
E você, o ruído e o mundo em ruínas
Não sabem nada do sol, perderam o calor,
E uma sombra suspira e os olhos suplicam:
"Café. Preto e sem açúcar. Eu estou só."

Discurso floral de Dafne transformada em loureiro

Why so green and lonely?
Thom Yorke

FOLHAS cresciam EM MIM
SEMENTES cotilédones
verdejantes
CURVAS gavinhas
a EXPLOSÃO da Natureza
tocava a ponta dos meus
DEDOS
musgoflamantes
as LASCAS do tronco
meu pescoço
TUFOS e MOITAS e LÍQUENES
vêm agora germinando
entre os COGUMELOS
INFLORESCÊNCIAS
OCOS de árvore
ESPIRAIS de filotaxia
CARVALHO PINHEIRO ARAUCÁRIAS
loureiro
sou
ou toda VIDA VERDE
sobre a TERRA?
os nós dos anos
CONTADOS
na minha cintura
BULBOSAS curvaturas prenderiam meus pés
na VERDURA
gramínea
sangue vermelho
depura-se
no BRANCO LEITOSO
da seiva
meus cabelos tocam o ar mais
alto puro

flutuam verdes contra
o glorioso éter
AZUL
OH
pálida realidade de quando
caminhava pelos
PRADOS
ou servia minha forma
bela juvenil
aos OLHOS do frágil amor
de flechas sinuosas
CONSTANTE e FIRME
eis-me tornada
em mim
mesma.
DAPHNE SEMPERVIRENS

A Burocracia dos Nervos

dopamina & serotonina
duas garotas que dão o que falar
grávidas sempre grudadas
na sua cabeça em algum lugar

quem fez o maldito buraco
se nem sangue nem cérebro
          saem?
roxo e negro cauterizados
bípede espanto
com um tiro de estupidez
na negra floresta do crânio

cabeça-canhão
& orfanato de idéias
a burocracia dos nervos
proíbe sentir e saber

gêmeas amigas
Sentir & Saber?

homem com furo no crânio
ouriço de estanho
homem-traste
só quer o carimbo "viva"
na testa
e que o vento o arraste.

Silogística aplicada à metáfora
(ou, "O que podemos aprender com a literatura")

L'automobile c'est la guerre (Léon Daudet)
La guerra è la sola igiene del mondo (Filippo Tommaso Marinetti)
Logo, o automóvel é a única
          higiene do mundo.

Festival das estrelas, bairro da Liberdade

Os postes de luz, caules vermelhos e esguios,
terminam em lâmpadas com o sinuoso desenho
que lembra um brinco-de-princesa;

carrego um casaco e olhamos para o alto
quando o vento dá vida a inúmeras fitas coloridas
em que ouvimos o brilho das estrelas.

Teofania

I

Borboleta com asas
    gomos de laranja
pólen dourado
    nas patas felpudas
de várias abelhas
    luzes faiscantes
de estrelas
    na madrugada;
a casca verde-água
    do fruto da macieira;
uma deusa traz a primavera
    ao meu quintal.

II

(Ubatuba)

Os peixes saltam
    as caudas se movem
        duas vezes no ar
antes do mergulho
    abrindo rosáceas
        no mar
pequenos cardumes à minha frente
    galgam as ondas se erguendo
        se erguendo sobre a crista quebrando:
escamas de prata
    borradas de ouro solar.

A Forja

neu quid igne laederet
Pervigilium Veneris

Líquida e metálica, com olhos de mercúrio
na correção inexplicável de passos e roupas e ar que a compõe,
o mais belo e triste animal,
    vazio de sentido.

Algo em meu peito ferve mais do que o aço na forja
e quer, derretido, fluir pelo molde de vazio e tristeza
do mais belo animal,
    que flutua sobre o asfalto.

Pretiosa et Casta

Um refulgir como o centro do sol
– *nullu homo ene dignu te mentovare* –
e do centro fulgente um anjo, trazendo consigo
um sorriso e uma flecha:

a arma de morte armou-se de amor,
e sob o vestido depressa
penetra profundo num tipo de êxtase,
como diriam os latinos: *gladius in vagina reconditus.*

Cosméticos para o Corpo

toilette feminina

Que perfume prefiro
esta noite?
resina, madeira,
o dulçor de um floral?

Linha negra de lápis
nos olhos?
brilho no peito,
e batom no meu beijo?

Na banheira eu me deito,
cabelos num coque;
com sais odorosos
me lavo:

O que eu passo na pele,
e no rosto?
karité, alfazema,
hidratante?

Oh deusa, meus dedos
me tocam entre as pernas,
e abrigo o amor
num suspiro.

Lyra aragonesa: refram de abril

Pero mi fez e faz Amor mal
Martim Moya

Não amor não pode
mal fazer
nenhum;
ou torna o senhor escravo,
escolhe em mil a mais
gentil
e colhe a dor do cravo
no amargo
mês de abril?

[Se então tal mal me vem
eu, sábio,
o torno logo em bem:
tolice é ter em sol tão certo
deserto só
& desolação;
e se esse é o preço
que pago,
bem pouco parece:
um pequeno estrago
no brio
que bem o merece.]

Pois tal fervor demove o frio,
e traz ardor à alma;
e então a flecha erra
a calma
e põe o peito em guerra:
torna o senhor
escravo,
o gentil prazer des
terra,
o estio já desfalece,
é um pássaro sem
pio
no amargo mês
de abril.

Ⓒ TM Ⓡ
ou, imagens para o novo século

deus líder com folhas de mirto[1] na boca
torre cartola com estrelas do paraíso[2]
saturno[3] com seus filhos nos incisivos
coroa de notas de 1 dólar num fuso

lembranças ocasionais de martírio e culpa

alicates dentados separam cabeça e corpo[4]
bonecos de ventríloquo nos escrotórios
a ampla linha da coluna curva num arco
sorriso do rato que devora as sombras[5]

1 "Par les ombres myrteux je prendrai mon repos."

2 "Io vienni in luogo di ogne luce mutto."

3 "Saturn return and you chase down its moons."

4 Ou "The Eggs of my Amnesia".

5 Mitternachts Mickey.

DESINFECTOLOGIA

viva. os carros os decoradores péssimas festas & esses motivos de sorriso amarelo
viva. a incrível deprimente hostess lounge girl o dia cinco ou dez do mês
em q
te pagam
uma
miséria.

viva. os grãos de açúcar rolando da colher para o café o zapping compulsivo
fafnir o kurupyra (q não apaga pegadas) desenhados quase vivos nos lençóis

é o q v merece por ter sido tão vadio
é o q v merece
por ter sido   tão   vadio

ZEVS ARRHENOTHELVS

Electro-Zeus fez tudo num estalar de dedos:
agora resta só brincarmos com os brinquedos.

O Truque da Colher

Você não contaria um segredo,
você o guardaria como se guardam facas,
olhares indiscretos,
brinquedos da infância?

Você faria isso? Ah, porque se você fizesse
eu lhe diria esta coisa fantástica,
terrível e que parece um truque
de mágico de circo:

OURO PRETO

não é outra cidade
é outro tempo
parece uma prece
banhada em ouro
preto de poeira
ouro
preto
beleza de reza
palavra não
pedra
pedra e madeira
e ouro
preto
é a velha
e verdadeira
villa
rica
do ouro
dos pretos
pobres
e ouro
preto
permanece
em pé
apesar
do tempo
maus tratos
ratos
turistas
ouro
preto
fica.

Os Mendigos

Eles imploram diante dos carros,
vivem com ratos nas vias expressas;
erguem barracos entre as árvores
secas de poluição, como mãos esqueléticas.
O sabor da fuligem, o espesso cinzento
dos escapamentos de metal fervente
direto no rosto com fendas de calor:
arrastam trapos que fedem a excremento.
Crianças com cabelos emplastrados;
que olhares mortais na doçura redonda
do rosto! Têm dentes que fraturam um osso.
À noite as calçadas bebem seus corpos,
vultos das bocas-de-lobo e esgotos;
bêbados dormem, coçam os escrotos.

Uma Esposa Triste

Ele me disse
o que não deveria ter dito
ferindo
    meu coração
manchando
    meu sorriso

Não é dessa matéria
    que é feito o amor

Atravesso a noite
    rezando
para que o dia seguinte
    traga algo mais doce.

Uma Maneira de

Aujourd'hui grand-mère est morte
a cama branca
cheira a antisséptico
          os pulsos enrugados

importante: não há janela
paredes brancas
tudo é branco
     glaucoma
a cegueira vem antes dos olhos
azul-cinzento leitosos
quando os olhos se viram para dentro
tudo é branco menos
quando os olhos se viram para dentro

você morre

     peixes

se multiplicam
mas morrem

     a maré não se move
     cardumes de ventre para o alto

poder algum sobre a permanência
tempo como ordem
      a espécie, a estação, um número

a morte vem antes da morte
o sangue não é a verdade
o dinheiro não é a verdade
as rugas no rosto
não são a ruína

idade não é a ruína

heranças, família,
ódios mesquinhos
uma maneira
amena
de dizer adeus?

Q

Promessas não se cumprem,
a palavra é um deserto;

o pouco que nos une,
incerto incerto incerto.

Por que pescar em casa
queixas em cardume?

Um deserto não tem água,
nem os peixes batem asas:

mastigar a pedra dos queixumes.

O Parlamento das Árvores

I

A primeira árvore apresenta seu motivo de tristeza

Eu procurei no cansaço
intentei
a morte no outono
minhas folhas caíram
amarelo-roídas
frágeis raízes no chão
já podres
não sustentam meu peso

II

A segunda árvore diz como lidou com essa tristeza

Minhas raízes
plantei-as no ar
as folhas crescem na água
crescem
em qualquer lugar
olhos brancos do inverno
me vieram buscar
eu não estava

Versos italianos

qualor l'anima mia
vola colà dove la chiama Amore.
Boccaccio

I

Beleza beijou sua boca, e pétalas pôs
no seu rosto; seus olhos são jogos do amor
e a palavra canta em seus lábios.
Seu olhar faz refém o dos homens;
sua voz enfeitiça os ouvidos:
de longe ou de perto você é um perigo.

II

Colho todas as flores brancas
que me lembram aquela pele
branca, fazendo com verde-bruno
uma bela fenda no vestido, onde
ao lado está guardado o coração;
e quando o ar se move sobre as brancas
flores, lembro então do doce olhar
que movia eu mesmo sobre o alvor
da pele aberta às flechas do Amor.

III

E então me torno rocha, ou vento,
se o amor persiste em me pedir
que me renove sob o alento
do mesmo amor, que é o meu sustento,
e a que me cabe só servir.

Surge a estrela matutina

L'ennui mortel de l'immortalité.
Jean Cocteau

Surge a estrela matutina, orgulho
solitário do céu,
um quarto de hora
durante a manhã.
A gata na janela, pombas
arrulhando nas telhas quentes:
sua mente se esgotou de sonhos
velhos como velhas casas
esfumadas na paisagem;
a combinação de melancolia
e riso que embriaga
o coração dos homens?
Eu escuto sua canção
e seu amor que morre com o corpo;
mas quem quer a eternidade
em troca do breve sagrado fulgor
da flama ou da flor?

O Incêndio do Hindenburg
(2007)

O furor das trevas
grita de dentro da luz
florões & dobrões se expandem em ouro
e não há mais dia embaixo.

Quem cai é para sempre
seus olhos vitrificam o tempo
a areia abaixo se retesa como espelho
o salto prescinde de pernas.

No vácuo preto e branco
a ruptura desenrola uma flor
que imita nuvens com muita ferrugem
deus encanece ao usar a tesoura.

Lakehurst, Nova Jersey, 1937

1500

I

E ele me disse, não como um velho marinheiro
que houvesse descido o Tejo
a bordo de uma caravela,
mas espantado ele disse:
  "Não dá pra entender,
  uns 14 metros, pouco mais que este ônibus,
  sem timão, um leme pra três homens"
    – Johannes de Sacrobosco, *Tratado de Esfera*,
    via Pedro Nunes e alguma coragem –
Ele tinha estudado por uns anos o Nhe'engatu
e foi a Portugal ensinar aos portugueses
a Lingoa Geral
uma semana num curso, mas, "uns bicos,
      você fica dois meses"
Portugal e Espanha e uma caravela Tejo abaixo
ele se inscreveu
  VOLUNTÁRIO
para refazer o trajeto naquelas cascas de noz,
chegar no mesmo dia 21
para comemorar
    500 anos do engano
      – ou da esperteza portuguesa
mas :
  "nem a Espanha tem o ouro
tudo pros ingleses
lastrearem a £ibra por séculos" –
três meses para aprender a navegar
um livro de Conrad, talvez Homero
"eu faço qualquer coisa"
sorrindo com cigarro
lembrando
uma cantiga do Algarve como do Maranhão

  para ela embarcar
  sem as meias molhar

II

"Porque o vemos de armadura,
foi um soldado
e este olho fechado
se perdeu numa batalha dura;
os louros com que está enfeitado
e a pena que segura
junto ao tomo de espessura,
à esquerda, e pronto, já fechado,
no retrato que o propõe desde a cintura,
altivo e descansado,
Camões se chama, representado
quieto, mas só porque é figura."

Portugal e
uma lenda de além-mar
uma lenda
Adamastor, a Vasco e seus homens,
voz de pedra do meio do mar
empurrando as ondas, meio corpo para fora
a Vasco e seus homens

Pulgas de Christo!
Miséria q sois!
Viro esta noz
E veremos despois.

Mão imensa esmagando a proa
homens loucos de terror saltando para os lados
com o casco estalando sob os pés
e recurvo entre as mãos
do monstro

E o califa que disse
dos trastes
que Vasco trazia
"e foi para ISSO
que atravessaste o Oceano?",

        gargalhadas dos cortesãos.
Porcelanas pintadas policromas
        esmaltadas
quem comprou um nome com isso
uma vida inteira pra comprar um nome
um brasão e as armas:

        pássaro de cócoras sobre um elmo e escudos.

As armas, & os barões aßinalados,
Que da Occidental praya Lusitana,
'scorbuto e porcelanas esmaltadas
etc.
    Sem isso sem primeira missa
    sem isso sem pés descalços
    que comeram as florestas com
    pólvora chumbo

    III

Uns índios jogados na oka
eu queria ver você cantar qualquer coisa do seu povo
e ele tomou uma viola
e cantou de Nossa Senhora
de Cristo e de Deus

        a jovem correndo como camponesa
        longas saias grossas
        saltos pelo monte verde:
"ele pediu mais um";
viver de artesanato,
trançados de palha,
MODELO
carimbado embaixo,
comprados num buraco qualquer.

Eu já vi quem tocasse melhor o violão de uma só corda
na cidade enorme; ele compreende os segmentos,
    o ouvido o obedece

e ele cobra pelo que faz; ou o cantador
que tinha uma cabaça encordoada
no lugar do alaúde.

IV

Mas \
Vulturno & Aquilo procelloso tornão
Co as artes sibylantes de Eolo,
E rasgão vella, & mastaréu fraturão,
Como hua brisa folhas traz ao colo;
As ondas de Neptuno furibundo,
Estragão quilha & casco à embarcaçam,
Gemendo nas entranhas do profundo
Co a voz tam feya & fraca da affliçam.

ou Alcácer-Quíbr \
Nuues negras tolhem os rayos do Sol
(Pois Deos na Maura terra aßi ardia):
Negro augurio contra homens de escol,
Que negros féretros lhes prometia:
Lufadas rubras fervem em armaduras
Por sobre a fina branca areia arabe.
Ó Tagides, pranteai nas espessuras,
Que abatem vossos homens como arvores.

pois \
A Europa jaz, cansada,
posta sobre os cotovelos:
o Lácio,
terra esgotada,
a Bretanha, um pesadelo.
Portogallo, par de olhos,
observa displicente o filho americano
confuso & ignorante,
de olhos míopes
e bolsos, mais atrás, mal costurados.

&/

Os velhos com capas alentejanas
    bebem o vinho da picheira de barro,
comem do covilhete,
    dormem à tarde
        sob a sombra das laranjeiras.

V

Edifícios pontudos Manhattan de novo
perfil de luz elétrica à noite num cartão
o sucesso do que não tem medida

as cidades onde há somente
        vinho, queijo de cabra e pastoreio
onde há somente
        prédios velhos, ruelas, paralelepípedos
        ou couves e lavadeiras

e aqui voltamos a Pedro Nunes
que dissera: não sou tam confiado
        de minhas cousas que cresse
            que per si as quereriam ver.

Uma bela falsa caravela apodrece
    nas águas do mar em Niterói.

agosto, 1999.
dezembro, 2003.

Camões

Camões está diante de mim
na Biblioteca Municipal:
é de metal como os ditadores
e cego como os visionários.
Um aperto de mãos e, no bronze,
a brusca rugosidade da mão de soldado
– um bom camarada, de fato –;
interessado na linguagem viva
ele esquece a coisa dos louros.
E o livro que leva
não é os *Lusíadas*, mas os *Sonetos*,
porque o principal, enfim, ele diz:
        sempre a beleza.
Lembro o Canto VI, no entanto,
encantado com a fina sagacidade
das filhas do unduoso Netuno
comentando
diante da visita de Baco que
        cometendo tal caminho,
Entre no reino dagoa o Rey do vinho.
ele sorri
        Seres eternos
é de supor
    que tenham uma arte da fala.
Poucas palavras, nos despedimos,
preciso almoçar.
            Um cavalheiro,
            e de fato, não é de metal,
            ao menos, não sua mente:
            límpida água.

Klimt

Klimt, e as águas imóveis do Garda,
reflexos aquáticos de tranças frisadas,
bosques de um ocre seco num chão
de folhas impressas com sinetes de luz
entre o sólido branco, manchado
de verdes estrias sinuosas, em troncos
como leves ramos cinzentos: o nenúfar
e as bétulas, o solo batido que pálido faz
uma aléia, enquanto as cores das casas
bebem os raios do sol por toda parte.

Dois poemas com cavalete

I: Poema num livro sobre Caravaggio

"Como o menino diante de um cesto de frutas
deseja apertar o roxo lascivo das uvas
contra lábios e dentes e, encantado,
tocando com o dedo a casca escarlate,
é surpreendido por um lagarto que o morde,
eu, entre tantas belezas, toquei a mais bela
& me encontro surpreso, & ferido."

II: Museu de Bolso (*pintura antiga*)

"Beberias deste dragão?", pergunta
São João Evangelista.
Os incômodos dedos graxos
de Jane Seymour.
Os italianos e italianas
que foram os rostos dos deuses por séculos.

Kertész

Dançarino que invoca a aurora
numa montanha da Hungria

O galho ama a chuva
como um Narciso das poças do asfalto

O fantasma de cabeça brilhante
e seu longo pescoço negro no meio da praça

Magda Förstner, a escultura, sorri
e atravessa um sofá a nado

Homens secretos de chapéus negros
paralelepípedos dissolvidos em ondas

Óculos que se enamoram na mesa
sob a estrita vigilância de um cachimbo

O espírito que deixa a boca do retrato
como espessa neblina sinuosa

Cafés insones
a sombra fosca da tempestade

A desolação da beleza
no olho de vidro trincado sobre a cidade

E a nuvem solitária se desprende
de suas retinas em Nova York.

O DESLOCAMENTO DE AR

How lucky am I?
I'm young, and I don't even care
Dave Georgeff, Jack Polick e Mark Gracious

olhos vermelhos irisados
ela usa o tédio como enfeite
a juventude, fingido pesadelo

: a *insônia é o contrário*
da fome, sorri.

o sol devora meu peito
com seu olho vasculhando
as janelas do quarto

como uma flor ela surge da cama
espírito de carne e osso.

você não tá me ouvindo!

as plantas nos canteiros da avenida
se movem com os carros em alta velocidade
o deslocamento de ar

ela se move como uma gata
sobre os lençóis

você não tá me ouvindo, seu idiota!

ela pega o travesseiro
pra começar uma batalha e faz um ruído

agora eu imitei
uma gaivota direitinho.

assim brilha a beleza
num mundo mal-amanhecido.

What's up, doc?

Eu poderia cair aos pedaços
este livro uma caixa de amêndoas
atar no meu corpo o nó dos seus braços
looney tunes ou uma parlenda

a noite de sonhos da caixa de chá
é um deserto de flores-ladrilhos
que importa o que o sábio dirá
o sábio não tira o trem dos seus trilhos

não tira o trem dos seus trilhos

Eu poderia cair aos pedaços
estou cansado de atar os cadarços
a noite de sonhos da caixa de chá
é uma promessa talvez um lugar

pra nós dois e cadeiras de praia
que são meio redes e meio sofá
ficarmos na orla de sunga e de saia
que ladrilhos são flores a areia e o mar

ladrilhos são flores a areia e o mar.

DEUS EX MUSICA

(em sonho)

Glenn Gould se apressa loucamente
como se Bach pisasse em brasa
ou o *Kammerchor* nos motetos sublimes

Gott, nimm dich ferner unser an
– é só o que peço

*

Glenn Gould o dia todo revirando Bach
na minha pobre cabeça
revirada de nomes datas & textos literários

(de medianos a ruins)

:

os chamados *ossos do ofício*
às vezes duros de roer.

LIQUIDIFICADORES

Acordemáquinascomovocê

trabalhamaté pifar

liquidificadorrrrrrrrrrrrrrrrrrrrrrres
como você

sofrem panes elétricas fedem queimado
na cozinhamesquinha

cortarospulsoscomcartõesdecrédito
crianças
nos comerciais   de agências bancárias

avidaserepete   avesderapina
amargamente
nastramasdasnovelasdatv
MASq   RAIO   de tramavocê
quer dizer
?
fritasretinas   vitrines
você
ratoscomovocê   correm ao se   ver

ohnãonatv
nemnasrevistas
sevêem no espelho e só por um segundo

como sevê

vocêdeveráperceber   :   (seus olhos vidrados natv)
v   quer morrer.

Como nasceram os fantasmas

Espectros sugam as águas da represa
deixando a terra vermelha como sangue;
chupam as madeiras do píer improvisado,
róem sob o chão a casca dos bulbos das cebolas,
partem as telhas com tempestades de granizo;
seus dedos fluidos se intrometem nas têmporas;
eles estão dentro dos caixilhos das janelas,
crescem como as espigas no milharal,
assustam as crianças nos corredores.

Na estrada, sul do país

impressionado
na planície
em que reponta
no verde
o dia
vermelho de maçãs

silêncio
noite
lua lago estrada
partilham
o azul
negror transparente
do céu
com estrelas

bosque sem sequer
insetos
mas
verde-esmalte
casca resinosa
árvores
licor e rum
arbóreo-outonais
dos monges trapistas

dormir no sul
estrado
e cruz
mármore
e granito
os nomes dos padres nas pedras
de túmulos
datando do séc.
XIX

a vida
dos pequenos malandros
das bergamotas
lúcido
implacável
frio
que transforma
em vapor
nossas gargalhadas.

AMORUM COPULATRIX

seus cabelos vermelhos
e com a dignidade do fogo
ela andava com pernas fortes
e dançava aderindo ao meu corpo
sorria sem dificuldade
só conhecia segredos
abraçava minha cabeça entre os seios
suspirava erguendo os cabelos
sobre a nuca úmida
e com as costas contra
os ladrilhos de louça sob o chuveiro
partilhou uma vez seu amor
com boca e olhos semicerrados.

FUSÍVEIS DE SONHO

1.

julho despertou um segredo
dentro do frio das paredes
você calçando meias que sobem
sussurrando até os joelhos
o branco titânio o cinza-chumbo
bato como um velho com o nó dos dedos
no vidro do relógio: "o que
você procura aqui?"
sombra, corpo estranho, avança e sonda
nas fendas da vontade
e do acaso
está toda arte

2.

a terra azeda e úmida
não não tenha medo encoste a palma
de sua mão, ouvi-la respirar
suave agora como uma bela mulher
que sorri de satisfação
e pulsa com seu sangue e seu amor
na caixa de fusíveis do crânio
catacreses estalando
como fogo no carvão
epiderme que pressente a chuva
suavidade
mãos, ah,
suas mãos no meu rosto

Jean-Pierre Léaud

Os sapatos se gastam
e nem me dou conta.
Como atar o nó da gravata
ou um beijo sob a umidade
da adega?

Nem mais uma palavra!
Ah, mas vocês gostam de falar!
Não tenho tempo, perdão,
estou indo (onde eu deixei
a chave?)

Matraca

"Escapista,
não revolve as pressões da sociedade
não encara seus problemas
não formula isso moral
estética
e politicamente

Escapista,
caráter sem dimensões
mundano
cínico
por que não arranja uma vida de verdade?
por que não desenvolve um senso crítico?
por que não lê Walter Benjamin?
por que não..."

A matraca é um instrumento de tábuas giratórias de madeira
que repete sempre o mesmo ruído

Cartas

O perfume ainda estava
no pulso que escreveu
ou apertou a cola
inodora contra o papel.

Quem quer as palavras
boas ou más, verdades,
mentiras?

Leio as linhas,
mas sem convicção. Seu costume
com a prosa me embaraça.

ANGST BRAZILEIRA I

Anacreonte
tangia uma lira de onde
pingavam sonetos
poeirentos:

fingimento
era apenas – não a arte
– mais uma forma
de sustento.

Ceci tinha só
o sêmen de orvalho
do pistilo que passava em Peri
por caralho,

quando Pedro II
atendeu a Graham Bell
pra dizer, que profundo,
o dito de papel:

To be or not to be,
ou o tolo grude
do tupi que
tange o alaúde.

Dá no mesmo,
saúde.

ANGST BRAZILEIRA II

pedicures de plati
tudes! des in tegr ado
verso abre com
inter
rogação:

? que persegue
plumas num afã
de empalhar
a intuição:

agora *o quê*
será *como*
e o *como*
jamais será *quando*

tragar o preto
do branco
plutocrata
da página

pelotas de trava
línguas
pétala
antiromântica sim mas
atrozgeriátrica

prostética
oh pedicures de pla
titudes de plástico
sua voz de timbre metálico.

Fast Food

Os caetés comeram o bispo Sardinha
E palitaram os dentes com sua espinha.

Elegia, I

Tu vins, bien tard, mais pour ma chance
l'amour ne dure pas toujours.
Françoise Hardy

Negado, e então punido, amor tão leve,
será afogado nas memórias moventes,
azuis, vermelhas, naqueles olhos triste-alegres,
em suas palavras vivas e odorosas,
em seu sorriso de dor e de doçura.
Mão e bolso, amor-perfeito, quantas flores
fingem só crescer por entre as grades?
Quem queria mais palavras e, no entanto,
eis agora um buquê do falso prado
onde brotam incolores, sem perfume.
De nuvem o juvenil gris-envolvente
se desdobra e descolora em mão vivaz;
delicada elegância helenística, o pescoço
exposto em mil clamores se exibia belo
e branco nas volutas de fumaça e nuvem:
boca e beijo, agora em vão me agarro
a dedos-flores, corpo-nuvem, névoa-nada.

Exílio

Solitário,
deseja o amor fraternal dos outros,
olha com razoável candor
e razoável desprezo
para seus erros, colhe
fragmentos de civilidade em gestos triviais:
preservado das chamas,
mas aquecendo-se ao fogo
brando da vida em sociedade, sorri

– e esse mesmo sorriso é a arma mais afiada
que a inteligência engendrou para te ferir.

Coisas que se quebram

mecanismo de relógio:
manejo a pinça
& cuidado,
patas de inseto: cílios
com pegadas;
pequeno, tudo parte
& corre risco, coisas
que se quebram.
& como, tão
quebrados & partidos
não contamos
os resquícios, apegar-se
a todo vício de
viver:
o que sei o
que amo, frágeis
elos da cadeia, mí-
nimos confortos
de uma idéia & tão
no entanto
humanas
coisas que se
quebram,
que se não se sabem
ou se respeitam
pactos
como esses, micros-
cópicos, não
germina amor nem
nada bom
deriva disso, tão minús-
culo impreciso de-
licado
ajuste.

Qualidades do Fogo:

dança com graça sem igual
vermelho-amarelo
imaterial
surge do atrito
ascende sempre
arde
e apaga sem o declínio
de suas virtudes.

O Amolador de Facas

Esse é dos antigos: chama com mola-de-boca
e empurra o carro de madeira, o amolador de chumbo,
que parece uma velha máquina de costura.

Arranjo para ele um belo facão
só pra ver, quando pedala o rolo de chumbo,
o jorro daquela cascata de faíscas.

MVLTIS PER MARIBVS

Paz,
e mil sons afloram no gladíolo
Calipso para o viajante perdido
não é como haxixe
NVDA VERITAS
trouxe seu espelho
diante do qual os velhos não conseguem fingir pudor

uma arte como a sombra
temperando a luz

risos e gritos, correr no quintal
pedras e o som dos pés, crianças
& ainda não é março
lavando as calçadas

Entre as árvores da madrugada
um sopro – *spiritus* – estalando as folhas?
que deus monta o vento?
que palavra verga os galhos?
pasco l'alma della memoria,
escreveu Lorenzo
di quel viso adorno

o casal enlaçado em ouro
o sol se eleva em medalhões num eflúvio sinuoso

♀ Vênus & ☿ Mercúrio nos teus braços
o símbolo de ♃ Júpiter às costas
e Odysseu não arrasta uma cruz
"isso não é uma comédia romântica"

Calipso & Circe, Nausícaa as sereias
são parte da viagem

Laudate eas in sono tubae
laudate eas in psalterio et cythara
laudate eas in timpano et choro,
in cimbalis bene sonatibus

para o viajante perdido
o estreito de Messina, o arquipélago maltês

e faz votos de que teu caminho seja longo,
repleto de aventuras & saber
numerosas as manhãs de verão

nem houve quem tenha posto
as rédeas que freiam cavalos
na boca de Eros
o seio infecundo do mar te renova

as ilhas flutuantes –
orvalho nas folhas.

"I am dead, Horatio"

Vestia preto
e sabíamos que era um luto prematuro.
Em suas mãos os livros,
e de sua boca as palavras ganhavam outro sentido.
Prezava a luz do dia
como a escuridão da noite, e quantas vezes vimos
seus olhos-luzes surgindo no escuro.
Dizem que falava só e estava louco,
que trocara o amor ideal pelo do corpo
– como troca nisso houvesse –
e que era um homicida.
Partilhei sua companhia em dias dúbios,
vi o que ele viu, comi do que comeu e digo:
sua mente, o fio da espada.
Terá encontrado um elixir na vingança,
executada como arte,
o que lhe deu vida extremada
e morte extrema.
Prova disso é que todos choraram quando,
ao abrirmos os portões levando o corpo,
anunciei:
O príncipe Hamlet está morto.

A Realidade Desperta

um tigre
polias duplas
marsupial de olhos aubúrnicos
um canopo
flor de calêndula
uma freira com coifa branca em "u"
parelha de bois num jugo de madeira
um mandarim
ruidosos, pesados, fumegantes e metálicos
mecanismos de uma locomotiva.

A Visita
(1998)

Ela é culta
e serve café para as visitas,
sentada numa rocha amarela:
linda, sábia, distraída

(por que não me amarram ao mastro
não me tapam os ouvidos
nem me vendam os olhos?)

pele suave rosa salmão,
epiderme num matiz de gravura japonesa

unhas esmaltadas resvalam
na xícara esmaltada e seus dedos
em minha mão

"deixa que eu levo",
quadris pelo corredor

Monsieur Picasso vigia,
na estante, com olhos de sátiro,
aquela que eu teria amado.

Arnaldo Vieira
(*in memoriam*)

Enfim vou me tornar
mais leve do que as nuvens,
mais sutil do que o ar.

Junho, 2002

O Voador
uma história indígena

Não dizemos que voava
por seu corpo superar
a leveza do ar:
                    na algibeira o pó dourado,
o bico de águia em seu chapéu,
e ele não diria algo pensado.

Mas sabíamos que voava,
pois ninguém preso ao chão
                    pode dizer coisas com asa.

Pássaro

canta
entre
folhagens
move   uma   duas
folhas
sem quase ruído
sempre as
mais verdes   mais novas
mais firmes
suas cordas
desliza sutil
se afina sem esforço
não
se
sabe
antes de tudo
se
é um pássaro   folhagens
canta
ou se   tomadas de súbita
impressão
as palavras
o   chamam de volta   já
mais elas   que ele
o
pássaro

Banshees

Descemos do ônibus
carros de som das campanhas políticas
tentavam vencer a reversão dos motores
dos aviões sobre as nossas cabeças;
táxis brancos se apinham como pombas no aeroporto,
num xadrez com malas negras;
esguias aeromoças
e Andrea me falava dos banshees,
espíritos familiares na Irlanda,
que gritam até que se abram as janelas
para que voem as almas esguias dos mor

Sem amor e sem sono e uma voz que retine

Sem amor e sem sono e uma voz que retine,
som de cetim, deslizar sem resistência, graça,
pura memória dos dons da beleza tingindo
de eternidade o passado esplendor.

Quem lhe diz ou suspira, quem lhe dá tal delicadeza,
silenciosa fantasia, ao revestir de ouro o latão da verdade?
Quem sabe soprar tal vida ao transparente tesouro
dos dias? Quem habita a hora estranha?

Sem amor e sem sono e uma voz que retine,
uma senha de seda que evoca a ravina dos olhos,
o feno tardio dos cabelos e o equóreo equilíbrio das formas,
doce oboé, doce mercúrio do amor.

Cycnus

as bordas do barco são beiras
beberiam o redondo Oceano
a noite ebâneo-madeira
verte crystaes sobre o guano

que sortes buscam-se inteiras?
o cysne que é um signo *S*
do longo-flexível pescoço da idéia
marca sua mente e desaparece.

Pálpebras

para Donizete Galvão

Nós não vivemos
Nós não vivemos
Nós queimamos ao sol
Nos escondemos durante o frio
Vendemos barato os nossos dias
Andamos como cegos nas ruas, tateamos as paredes e o vento
Não mais estupefatos, peixes das profundezas escuras, cegos
E resolutos, apalpamos as profundezas com olhos sem pálpebras

Não, nós queimamos
Queimamos ao sol e vendemos barato os nossos dias
Números com espaços em branco embaixo
Caminhamos com destino certo
Caímos mortos como insetos
Nós enjaulamos o canto do pássaro
Exilamos o mar para dentro das conchas
Vivemos sob nuvens de concreto

Não, nós não vivemos, rastejamos
Rastejamos em busca de comida o dia todo
Tateamos sem pálpebras as paredes e o vento
Voltamos sem forças para dormir um sono sem sonhos
Sono de velhas máquinas, cinzento e com rachaduras
E nos erguemos de manhã com o ruído das máquinas de esmagar
Varremos os cadáveres das nossas portas, com destino certo
Não mais estupefatos, resolutos

Nós demitimos a vida por que ela era
Imprevisível, cara e obsoleta
Nós decidimos vender bem barato o tédio dos nossos dias
Números com espaços em branco embaixo,
E já não sabemos falar ou ouvir, e já nem há por que
Pensar ou amar ou caminhar para um outro lugar
Nós engolimos fumaça e buscamos comida até o dia em que caímos
Mortos como insetos, secos como no deserto, vazios de sonho
E sentido, cinzentos e com rachaduras,

Peixes das profundezas escuras.

Ostra

O mar prossegue, nenhum brilho aflora,
não estremece a
brusca
casca que há por fora;
nenhum vegetativo verde cresce sobre a
crosta
mas se enclausura sob a muda
força
que suga tudo para o centro
sem sequer o sonho de uma pérola:
só ostra.

CÃES JARDIM EUROPA

passear a extensão do punho
um cão a extensão da força
um adorno animal à cobiça
senhoras a virilidade sob laço

ávido verde e calçadas lavadas
lojas de carro ternos feios escuros
óculos escuros e cães resfolegando

um desfile de dentes de ferro
sorrindo nos portões de famílias
que vendem tudo (mesmo?)

a extensão do punho tem dentes
e baba de sede sob o sol doente.

As pessoas só estão assustadas

As pessoas só estão assustadas
não houve tempo e você sabe
as cenas se desenrolam sem um ensaio
sem sequer um roteiro
as pessoas pegam o que têm à mão
se você olha de longe pode perceber o medo
e o em si mesmo curiosamente animal das pessoas
a dúvida o ódio ou o amor incontidos
ou aquilo que guardam para um choro implacável
que arremessa seus peitos num desfiladeiro de paixões confusas
soluços e lágrimas
as pessoas trapaceiam matam ajudam espontaneamente
olham com ternura desprezam se irritam num instante inexplicável
perseguem e podem ser auto-complacentes
podem apertar a sua mão abraçar como pólipos
desejar muitas coisas em segredo que jamais vão conseguir
o palco é muito grande e muitos se sentem desconfortáveis
contam histórias inventadas tentando enganar o tempo
acreditam em coisas estúpidas com fervor às vezes comovente
às vezes apenas horroroso
& às vezes demonstram uma beleza que fere os sentidos
para você jamais esquecer que o pouco ainda é muito
no cômputo geral de tudo
ou quando você é incapaz de admitir o sentido do pequeno incidente
no desenho invisível de linhas harmoniosas como a música

Posto médico no subúrbio

Os portugueses trouxeram a esta parte
a arte dos ladrilhos que reveste fachadas & quintais,
mesmo que agora, quebradiços

— onde fios
de grama verde-azul se esgueiram raros,
como restos de cabelo em homem calvo —,

consintam com o abandono de inverno
dos pobres sentados num banco de praça
trazido ao esguio corredor das atenções de gelo
da gordota secretária

(o apoio pênsil de oclinhos
a rósea vírgula do nariz)

que escreve a lápis
nos papéis encardidos & puxa o nylon da meia

(em sua redoma de vidro, esquecida dos pardais
bicando os buracos da calçada,
ou do alarido das crianças que acompanham os pais),

& puxa o zíper da jaqueta de nylon
sobre a blusa de lã esfiapada
que a filha atenta teria achado
num velho armário de aniversários passados.

Yellow Journalism

Get your yellow-cake or your limon-ite and
                    Xanthos
bring it up- to
          your little home -blues
to paint every-thing
     colour yellow en-zyme   flavoprote-in
Put on a Yellow -Kid smile
                              just a little- while
iron   o-xide
     like the dripped canvas- by   mr. Pol-lock
yellow egg- yolk   (this is no- joke)
     with some black -lines   Xanthos
                                             it'll be oh- so
                                        bloody a-live

Ostinato Rigore

Basiléia,
onde o anjo o *Anunciador*
soergueu
o braço e sorriu
um gesto de ascensão
um brilho no olho
no centro da escuridão:
são folhas ao fundo
numa miríade de matizes
do que todos chamam apenas
verde;
– as palavras
carregam peso demais,
a linguagem gasta como um trapo
inútil de papel –

mas você recortaria
a signora *Gallerani*
como um ourives
recorta um diamante
na pedra impolida
e isso seria uma bem peculiar
afirmação da beleza
da signora *Gallerani*
cujos dedos afilados
cujo fino sorriso
e cujo olhar lúcido
(pela raiz latina: *lux*)
faz do sol uma pálida sombra
uma descoberta mais importante
do que a de um continente

Ou
do que as gra na das
de
frag men ta ção

explodindo

numa chuva de sangüínea

– que apropriado –

sobre o incrível papel rugoso para o Sforza

que não pediu o cuidado de assiná-lo.

Então eis que a fúria de *Marte*

(*o condottiere Bartolomeo Colleoni, de Verrocchio?*)

reluz no elmo agudo

do dragão de asas,

no leão de aço na placa

junto do coração [*isto é, seu valor*

E a Dama do Louvre

em quem não teve coragem de desenhar

os pêlos eriçados da barba

e agora nos olha dois metros

de distância

sorrindo através

do vidro

a posição afetada dos dedos mindinhos

quando seguram a flor

ou a folha de papel

na mão do mestre-cantor

o sorriso

tão importante

eles dizem, "o primeiro sorriso burguês",

eles são freqüentemente

e apenas uns frasistas.

Isabella d'Este

– mais um sorriso de papel

com os longos dedos afilados

da inteligência

SEM MEDO

OU ESPERANÇA, com o que você

certamente concordava.

A inclinação do gesto de surpresa,
luz emanando do lírio amarelo,
o milagre no sinal de *verbum*
sob as chamas douradas que se projetam da fronte
onde tudo é esplendor
como os santos no *Paradiso*
que não tocam o chão
– sutis demais para isso –
que projetam luz pelos olhos
– viram a verdade –
por que caminhos seguir?
que verdade buscar?
os cadáveres vivos de linhas
musculares, tendões, nervos e ossos
feixes de músculos e a ligação (direta)
do canal seminal com o cérebro
como a exigir
bons pensamentos durante
o ato sexual:
cavalos se atracam na batalha de *Anghiari*
homens-cães de guerra
cães que são homens na multidão,
um jovem que, de novo,
é uma bela garota,
um velho castigado de idade,
uma batalha de sentidos também;
Um tratado do vôo dos pássaros:
estuda as asas e o vôo, os élitros,
a força das costas, dos braços humanos:
"nós resistimos ao ar, como o ar nos impõe resistência,
ele passa entre as penas na forte estrutura e
'stável é preciso que o corpo equilibre
sempre no centro."
Icarus,
a exausta comparação,
mas ouça ainda uma vez
a oficina de *Dédalo*/

Põe penas em ordem:
menores primeiro, longas seguindo as mais breves,
como crescessem num aclive: assim a rústica avena
veio de tubos de tamanho díspar;
liga as do meio com linho,
as de cima com cera;
compostas assim, com curva ligeira as flectiu,
para imitar verdadeiras
asas de ave. *Ícaro*, o filho,
– desconhece o destino –,
sorriso nos lábios, persegue as penas que a brisa levanta,
ou imprime na cera amarela o seu polegar,
e atrapalha, ao brincar,
o trabalho espantoso do pai. Depois de o opífice
dar a demão derradeira,
suspende o seu corpo no ar
sacudindo asas gêmeas,
e tenta instruir o menino:
"*Ícaro*, o meio é o caminho,
eis meu conselho: se desces demais,
pesa nas plumas a água,
se sobes demais,
o fogo as inflama:
voa entre os dois. Não encara o Boieiro,
Ursa-Maior também não,
nem a bainha de *Órion*;
ordens estritas te dou: deixa que a via eu conheço!"
Dédalo e Ícaro,
o opífice e o vôo impossível: você
Como essas coisas que rugem no ar
e erguem
oitenta mil quilos no ar,
metal, estofados,
borracha, ossos e carne,
e aqui nós voltamos
à mulher de olhos de aço
os lábios num traço
e que tem ornamentos de zimbro no verso do quadro

adornando seu nome:
virtutem forma decorat
ao anjo inumano
com o manto de *Cristo*
que aposentou *Verrocchio*;
o projeto do *Arno*,
as casas diminutas, a proporção
decente das casas,
é o que entendia *Vitrúvio*
e nós esquecemos;
e você põe
o homem no centro de tudo
e no centro do homem a virilha.
E hoje ninguém mais encontra o sexo
no drapeado de um longo vestido,
ou no tecido purpúreo,
nas linhas do busto
da *belle ferronière*,
que discretamente insinua
uma sala vazia num olhar de *sfumato*;
mas isso é passado.
Consideram o rosto de barbas longevas,
os olhos que encaram no escuro
sob o cenho severo e dizem:
"Leonardo",
que viveu entre o lobo e a águia,
e nos braços de *Francisco* I, na França,
retorna ao feto encurvado no útero
de flores que imitam
um feto

Poema idílico:
a donzela num belo dia de primavera

Passa por debaixo da pequena ponte que
Numa parábola atravessa o rio.
Colhe indefiníveis eglantines em tons
Pastéis no amarelo amarelo.
Inspira o perfume da guirlanda sob o hennin na cabeça
Que descansa sobre o gracioso pescoço fino
De pele aveludada,
Ouvindo notas apenas
Notas
Antigas de algum músico de corte
De algum artesão de velhas canções desconhecidas.
Uma árvore que fica no meio do mundo
No meio de uma montanha
No meio do pico de uma montanha

E eu não quero falar sobre a mancha noturna e enorme
[no horizonte.

Britadeira

à Rock-Drill, de Jacob Epstein

Ponta contra plano fura e grita
(animal de metal
e teias elétricas)
perfura tritura
triste fera de furos
furiosa máquina fende
impiedosa os tímpanos
esteta das trincheiras
trepida intolerante
animal que atravessa
o asfalto o tijolo o concreto
estertora o que é duro
dessora e devora
a brita bruta e
trinca com brilho
de faíscas as lascas
que sobram da briga
debrum
trinchador
o monstro
magro
grotesco
imortal
animal
brita
dei
ra
.

SIC TE DIVA POTENS CYPRI REGAT e agora andávamos sobre as rochas crivadas de salinizações cortantes do mar; e sobre as salinizações cortantes do mar havia o limo verde-musgo; sobre o qual mínimas *ligia exotica* deslizavam como ondas (ouvíamos o *shhhsh* da espuma borbulhante no cinzento das rochas milenares); e na areia junto das rochas os negros mexilhões brilhavam ao sol como escudos antigos; parecendo também os cascos dos navios carcomidos de ferrugem espalhando manchas de óleo na água barrenta junto às margens das ilhotas cheias de tufos vegetais; a pele rosada agora ardia entre as pernas como um molusco dentro da concha; ela pedia não toque nas costas puxa o biquíni; e puxava o biquíni cavando um vau; uma névoa nos olhos; vermelho sangüíneo nos lábios.

Terpsícore

μήτε μοὶ μέλι μήτε μέλισσα

Safo de Lesbos

Que encanto no vento,
que palavra recolhe
uma mente?
A voz um engano:
a gaita de fole
do pensamento.
Me empreste seus lábios,
a carne suave que canta
na sua garganta,
o manto de pele
que aos olhos produz
tal encanto,
de quem vê sua forma
cortada na luz
desse engano aparente;
ou do ar
animado de espírito,
ou apenas da mente?

Dançarina Indiana

Belo brinco; anéis nos cinco
 dedos dela:

Mão direita, e o gesto enfeita:
 vento e vela.

Sempre suave ela se move
 sem um salto.

Dança lisa, brônzea brisa
 pelo palco:

Belo brinco; anéis nos cinco
 dedos dela.

Mão esquerda, sem a perda
 de um segundo,

S'inflama, é a pura chama:
 toma e traga

 tudo à volta.

BALADA DO AMBULANTE DE ERVAS

por que você ambulante de ervas
amarra no pôr do sol uma prece azul
de manhãs de plumas e palha e orvalho
de vitrais e cintilações em conserva?

e como um sonho se inervam as folhas
para beber os sulcos as fibras as veias,
e o ressoar frutuoso das crepitações
não vacila adere à textura pétala a pétala:

isto se prende como uma corda, respira,
parte para dentro um passeio sem pernas
só fluxo ó planta de nuvem; amuleto de pedra
encontra o peito em tatoo verde-oliva

as rodas rústicas da aurora rangendo
que riso que suave amarelo através do vidro
mãos que são terra fendida, unhas-raízes
você planta animais ambulante de ervas

você colhe insetos e fogo no verde
ninguém nem mesmo o segredo detém
continentes inteiros num corpo-fumaça
num sopro espirais de líquida geometria

divina no fundo da xícara o eflúvio
por que você ambulante de ervas
reúne estações e lhes resseca os botões
borboletas sob o alumínio de um pino?

Eu adoro

Todos gravitam à sua volta.
Gravitam, essa é a palavra, e você no centro do sistema.
Sob sua pele sedosa, o coração, e há um segredo nele.
A essência primordial de suas fibras, onde surge todo calor:
O que o manteria para sempre, e a luz que você projeta?
Não sabemos, e esse é o significado de adorar.

Noites de Hotel

o som da voz nesta cama quem sabe
me fará dormir
ficaremos em pé na banheira pequena
sem problemas
basta correr a cortina
combinaram jantar no restaurante
22:15
dividir a garrafa de vinho
eles não têm vinhos baratos
não é adorável o *concierge*
se preocupar tanto
quer dizer
parece coisa de filme
principalmente o escanhoar
impecável o cheiro de colônia
(tão alcoólico-mentolada que refresca
até o ar em nossas narinas)
as mangas escuras com dois filetes dourados
parecem da Marinha
você não adora essas luzes indiretas
num restaurante?
da mesa podemos ver
as luzes da cidade na escuridão através das janelas
amplas como se o restaurante
planasse nesta noite sobre a cidade
água gelada no serviço de quarto
e pequenas toalhas mornas fumegando
adoro na verdade
é ver como você desliza isso
com tanta graça nas mãos
e sem sono após os corpos satisfeitos
em outra cidade outro lugar
ir perambular nos corredores salões
o rosto noturno no espelho do elevador
ela não consegue evitar
um sorriso

A Omelete

Luz dourada na cozinha
e o meu coração rubro pousado
na sua mão branca
sua mão branca
    que segura uma faca.

ANESTESIA

imagens no ar no chão
atacam o hipotálamo
sons descem a escada
sobem pelas paredes
dever + direito
na lata do ônibus

placas com pernas
lembram a invenção
do sr. guillotin

seu nome inscrito
em papéis amarelos
suas fotos em série

despencando (3x4)

suas contas chegando
pelo correio

[beberemos o seu sangue]

mas você
insiste
sobre vida eterna

você quer mesmo um sedativo

[vamos arrancar fora a sua cabeça]
você deveria saber deveria ter pressentido mas

não sai mais de casa
sem anestesia
e a verdade mágica é:
como poderia?

Líquida ; felina

olhos fosfóreos
temperados de azul-aço
vem no colo
garras nas coxas
;

afago seu pescoço
olhos fechados de prazer erguendo o queixo

;

brinco com sua barriga
garras no antebraço
mordidas
patas de pluma e espinhos

;

salto flexível
cauda numa interrogação
passos surdos costas
como as ondas
líquidas

;

Imitação do Amor

Silva silvarum
    indo entre as sombras do jardim,
longe, eles se abraçaram;
    vários beijos
inundaram suas bocas
    avidamente.

Mas por que o amor
    escapou de sua gaiola?
não: por que o amor
    antigo se cansou e pegou um atalho?

Partem depois com
    os lábios vermelhos
nunca mais se veriam
    com o mesmo ardor;
e foi tudo?

Melhor:

"Um moleque sem
vergonha, cu de fora
me espetou com sua
flecha de ouro:
        não sou mais meu

A fronte alta e rebelde
os lábios queimando vermelhos
os arcos do triunfo
sobrancelhas negras

Vou cantar uma canção
Silva silvarum
entre as sombras do jardim
eles se beijaram

Uma guirlanda de cabelos negros
uma coroa de cabelos negros
uma respiração
de encher pulmões e seios

Silva silvarum
entre as sombras do jardim

Nenhum amor é assim
nenhum amor luta
contra si

Não me importa,
ela diz, não me importa
mais nada
o momento importa

Silva silvarum
o momento importa"
    mas eles o deixaram.

SINCERAMENTE

A sinceridade é um clichê.
Muito simples provar, aliás:
todo poeta que fala dos seus sentimentos…
(sim, esse pronome ambiguamente possessivo)

SINOPSE.

o que seria da vida humana sem os adjetivos.
rilke tem uma frase sobre algo a ver com tudo isso &
por plutão
yo no quiero acordarme.

inefável cansaço.
tenho 100 anos & quero me esquecer.
estalar os dedos ou franzir o nariz magicamente.
o truque do desaparecimento.

cortinas e alçapão.

EXEUNT OMNES

perdido e irremediavelmente
as palavras que entendem a dor
elas apanham o sentido e o modelam
o absorvem e eu não morro

nuvens polinizadas deslizam no céu
o tempo apodrece como maçãs
sob o olho veloz de um documentário britânico
e há um silêncio perturbador

fugir de mim
me apontar na multidão
"ele é o culpado"
desertar dessa luta inútil

desapareci

e s t o u   v i v o

O Espanto das Horas

Poucos dias de paz e de silêncio,
de dobradiças calmas, bêbadas de óleo,
quando passares pela porta, dirás:
"Eis o espanto das horas!"
Imóveis, tentarão te olhar, e os números,
seus olhos, deixarão cair duas lágrimas de esforço
escorrendo pelo tempo.

DESAFIO

a morte pálida-azul veio ontem
falar comigo de um caso antigo,
um pedido que eu lhe fiz;
não me atendeu naquela hora,
mas vem aqui e diz que agora
estou mesmo por um triz.

pouco importa a sua história
seu serviço lerdo e ruim,
minha senhora, porque agora
– amarelo como o sol –
só um duelo entre nós dois
vai me pôr fim.

a morte pálida-azul sorri e diz:
vai embora, e vai feliz,
segue em paz a tua trilha;
a morte sempre mente,
eu sei que é uma armadilha.

Crise de Meia-Idade

Ordenhar as
roupas no varal
plantar a disciplina
num cômodo
vaso de barro
no quintal
acorrentar os animais
de veias inchadas no pescoço
que rosnam & espumam
tocar suavemente na sala
o virginal.

SEIS DA TARDE

A luz do dia se deita sob os ombros das montanhas
a cozinha se tinge de tons de cinza, o corredor, de marrom
as sombras enormes saltam das lâmpadas elétricas esticando as silhuetas da mobília
os prédios ficam pretos e ameaçadores e imaginamos janelas acesas distantes
e há ainda aquelas minúsculas pessoas nos computadores consultando o relógio
algumas delas esvaziam os prédios como formigas deixando um formigueiro
as doces pessoas pacatas e caseiras agora anseiam por um bom café quente
borbulhando na cafeteira italiana: isso seria bom, ah, não há dúvida de que seria.

Acerolas

Acerolas vermelhas juntam-se em poças
sob o sopro da tempestade.

Antes as mãos repletas de frutas no silêncio da meia-estação.
Florimos? caímos?

Frutas bóiam na dúvida, vermelhas como a certeza.
Olhos nos espelhos do chão.

As Palavras como Estranhos em Casa

I *Abrir uma porta*

Agora, a porta enfim é aberta,
entrar na sala, tirar os sapatos
para não sujar o tapete, andar com firmeza,
sem ser duro e sem acordá-la;
ela que dorme sempre no sofá, que lê
sempre no sofá e que dorme
sempre que lê.

II *Lembranças amarelas*

Os amigos chegam para uma visita,
sentam numa cadeira e choram amores perdidos
"eu não sabia que ela era assim,
ninguém sabia que ela teria um filho
e aversão a histórias fortes";
empurra um carrinho de criança
e nos saúda com a mão da aliança
– a que nós vimos seminua
gargalhando contra Penteu
no teatro

III *Escada em caracol*

(a volta da escada quando você sobe
muito escuro quando você sobe
com ruídos quando você sobe de noite
até o portão, que é de madeira,
precisa fechar quando passar
por causa das crianças a noite inteira
andando no corredor, de quarto em quarto
– Mãe, posso dormir aí?)

IV *As virgens do sonho*

As meninas se indispõem
à menor brisa, espirram
e se deitam bem cansadas,
a barriga dói, compressas quentes,
travesseiros enrolados sob a nuca;
as meninas vão brincar lá fora com você

V *Sapatos, de novo*

É agosto, minha senhora,
o mês em que os velhos morrem,
o mês em que uso sapatos
que não precisam amarrar.

Os Cientistas
Doubt truth to be a liar

Há alguma corrosão no início
– faz parte de seu ofício;
distribuem, como os padres,
a profilaxia, que não é santa,
mas igualmente certa.

Um silêncio de murmúrio
recobre máquinas e ataduras;
aplicam por critério antecedente
prescrições e vacinas em quem
um dia vai ficar doente.

Como na Lei,
há a vantagem do microscópio,
que é por onde entra o miópico
olho da civilização: macacos gritam,
flores abrem, deuses mortos
cospem sangue verde em gargalhada.

"Nós temos a resposta para o Nada."

Cronos marchando

Ouço um grande rumor
minando o silêncio noturno
Cronos
marchando a partir do Oriente
com horas minutos segundos
a água
melhor do que tudo
retumba nos canos sob o concreto
o zunido de um deus
nos cabos de alta tensão
a distância como
folhas sobre fôlhas
ondas nemorosas
um zunido na luz macilenta da lua
tingindo
de cinzento leitoso
o azul úmido da madrugada
o ronco dos motores de aviões
nas nuvens secretas
de Núktos sagrado.

Três Histórias Douradas

I
Et in Arcadia ego

Indicações são essenciais
    você não sabe aonde está indo
– uma indicação –
    e você sabe aonde está indo.
Em Ouro Preto não havia muitas indicações,
    a gente zanzava descobrindo
grutas, igrejas com dois dedos de pó
    sobre o folheamento de ouro,
        calabouços
            & tudo irradiava
como que um campo magnético
    de mentes ainda impregnadas nas paredes como o limo;
a montanha
onde o silêncio punha os sentidos
        ouvindo por todos os poros
    a luz do sol estalando na terra vermelha nas folhas
a janela da *Casa dos Contos*, o assoalho irregular que rangia.

tudo ressoa   ressuma
    A despeito de todo o tumulto na cidade
            (isto é, turistas e estudantes)
a despeito de todo estridente tumulto
        a cidade é o silêncio
– mas isso foi,
        obviamente,
            antes do incêndio,
    antes de um caminhão despencar na fonte de pedra.

No *Museu da Inconfidência*
    o mais próximo que se pode chegar
do monumentalismo funeral europeu
        o *Panteão dos Inconfidentes*
as pedras enormes com os nomes de certidão dos árcades,
que aliás não deixaram nada lá muito notável

— os bons madrigais de Alvarenga (à la Metastasio)

mas em geral uma fama borrada
por dedos-duros de Judas
apontados todos ao infeliz Tiradentes
da anedota amarela
— de que se não o puxassem pelos calcanhares
talvez estivesse até hoje debaixo da cama
. martírio .

nome que brilha no meio
mas acaba opaco na sílaba átona
e no quadro de Pedro Américo
em que o súbito herói isolado jaz
partido em pedaços como peça de açougue,
não como o deus que amanhã torna intacto;
na verdade, este foi humano, demasiado humano:
temeu a morte & bateu as botas gastas.

Sofrimento estranho em terra
de verde bucólico,
de pastores latinos
do *gracili modulatus avena carmen* de Virgílio,
que enfim se seguiu da *horrentia Martis*. Enfim.
a mó ainda vira com a água
as paredes ainda são pedra caiada e limo verde-musgo
os chafarizes são os garotinhos mijando, leões babando,
onde os estudantes se sentam sob o sol,

tudo úmido vívido

de fato é possível entrever
nas estátuas
de olhos gigantes como ovos
de anatomia espremida & contrita
o terror da Villa Rica
dos homens "perversos e insensatos"
como insistiu José Bonifácio
cristão & filantropo

ele disse de si mesmo, com certa ironia,
ironia de verdadeiro homem público,
não muito azeda, que ainda espera
persuadir e convencer.

Não os crimes dos homens
        mas a conivência
        e a ajuda inestimável do Estado;
nada muda, aliás,
            não se preserva a Villa Rica
    porque afinal
        o que sabemos de história & cultura?

Ah sim sim, cultura:
        nós pagamos a entrada,
            onde fica a saída, por gentileza?

II
A porta em Cuzco

Emblema & enigma,
a velha índia sentada diante
de uma porta enorme entre as pedras da rua em Cuzco.
    Alguém se pergunta: "como tão quieta?
Como?"
& que tintas de tristeza compõem
        o painel de seu rosto indecifrável?

E há Ernesto Guevara: não, na verdade, é Gael García Bernal
como Ernesto Guevara, o jovem Che, quem passa por ela
    com seu guia menino, saltitante, sorridente.
Não são ruínas, nem é um forte,
        embora, como se o fosse, sólido e crivado
                    de pregos grossos,
intransponível.
    Também ela, a índia, e também a América
Latina, se encriptam como símbolo, mas não revelação,
nos dão sua dor, mas não uma razão
        que responda à pergunta essencial

[*A neblina encobre o cume das montanhas verdes*
        a poeira se levanta das estradas vermelhas]

    fronteiras: costuras, cicatrizes ou barreiras,
            mas não a porta com a sibila à frente,
    sinal de iniciados (como o dedo frente aos lábios):

                    dentro não se diz.

III
Ten years gone

Coisas se transformam em outras coisas,
nada acaba: agora
o passado retorna com pés suaves ao meu modesto quarto

entraria com nomes, faces jovens? dispostas a tudo?

Desconhecidos lendo em sebos do centro de SP
pruma audiência mui amável
que senta e ouve a loooonga série sem bocejos
entre as coortes perfiladas de livros e fungos

Edifício Sampaio Moreira, 346, Líbero Badaró
rir & beber o mau vinho, e tentar seriamente rever
a frágil tradição da poesia em português
nas 24 horas de um dia + uma noite

faces jovens dispostas a tudo
incluindo jornais & entrevistas

"os jornais não correm atrás da notícia,
a notícia é que busca os jornais",
não nós, & no entanto, os
sofisticados & críticos & shakespeareanos
que, enfim, nunca fomos

a foto em sépia no bosque parece distante
quando se faz 30 anos
com alguma solidez, alguma prática & desconfiança

o romantismo de jornal
que exulta, já que os nossos garotos e garotas, afinal
não são somente um bando de palermas

(todas as finíssimas plaquetes
50 ao todo
de *Do Não Entendimento do Mundo*

do cavaleiro dos leões Cídio Martins – *esgotadas*
numa noite
e ninguém pode culpar a bebida)

faces jovens   e a extrema & ilusória
auto-confiança

opor aos trinta anos
roubados do país pela metranca, encerrar um período

Recostada à janela adiante
na varanda do oitavo andar
ainda hoje como se acabasse de vê-la
ela veste lã inglesa azul-piscina & jeans escuros
seus cabelos espessos perfumados longos cachos
sim, ela sabe de tudo antes que tudo aconteça
é visível em seus olhos
a única, talvez
& não liga pra isso é verdade
imponderável elegância

de sua face jovem

ela diria palavras que costumavam
surgir na boca de mulheres gregas
que viam o futuro em hexâmetros dactílicos

Mas o aprendizado acabaria
quase que junto com o velho século de trincheiras
em 1999

cada um pro seu lado
uma porção de escritores & poetas
com uma porção de idéias
douradas

– eu certamente muito áspero ao contato,
me servant d'un style fait pour irriter et non pas

pour obtenir des graces,
ainda afiando lanças sem aparar minhas arestas
quando
é sempre melhor a compreensão paciente –

Outros livros depois e agora
ao lado estão todos, de fato
e isso não é ilusão:

tudo se transforma

há quem tenha corajosamente fundado uma editora
quem casou em Londres e ficou por lá
quem aprendeu duas ou três línguas mortas pra ensinar
e mais outras vivas
quem tenha sido vítima da *hýbris* sem piedade
estão em toda parte, nômades
Berlim, Santiago, Paris & São Paulo
muitos a serviço de Sua Majestade, a arte
muitos sobrevivem a pura sorte
e pelo retrospecto, eu diria, imortais
(ririam da palavra, lembrando do fardão
mas o feito é estarem vivos & não mortos):

idéias não morrem
mutatas dicere formas
corpora, cantar as formas mudadas
em novos corpos, nada acaba

Götterdämmerung

Marx pergunta quem é

Marx pergunta no entanto quem é a Fama
perto da Printing-House Square, Vulcano
perto da Roberts & Co., ou Hermes
perto do Crédit mobilier?

E o mais importante

o verdadeiramente mais importante
quem é Marx perto do industrial sem nome nem idéias
das linhas de produção em série, das *joint ventures*,
ou das corporações de capital especulativo transnacional?

A resposta faz tremerem
as páginas deste livro
ao som da *Cavalgada das Valquírias*.

Pontos-de-fuga do século XX

Era Yeltsin
Em 1995, parecendo uma caricatura
De Russo frente às câmeras do Western
Americano, que pensava: "É nisso
Que dá o Comunismo".

O que Hobsbawn chamou
"Capitalismo de Estado": onde
Deus & Mammon dão lugar
Aos Canalhas do Partido: tudo
Em maiúsculas, ou uniforme militar.

Parada do Dia da Independência
ou "a República mostra os dentes"

NESTE dia em que D. Pedro rasgou o azul
Com a ponta do espadim no velho *Independência*
Ou Morte – sobre o flavo e escarpado paul
Com sertanejos na mais pura indiferença –,
Crianças acenam dos colos dos pais (duros
Como mastro de bandeira) para as metrancas
E os tanques de guerra, e os semblantes de muro
Pedregoso dos soldados que marcham retos
E batem com braços de madeira nas ancas
[É como darmos corda em dúzias de bonecos],
Saudando em torcicolo ao velho Presidente,
Com a *entourage* que o secunda bocejando
Como os sapos do paul, mas mostrando os dentes
Que saltam às câmeras dos jornais, marchando
Para as manchetes desta nação sorridente.

Tróia 7
(verbatim)

"No mais largo Lugar da violada
Cidade Erma estão em alto erguidos
Fallicos Instrumentos suspendidos,
Com que Ílion viu-se enfim desancada.
Purpureas Picas; flamejante Espada;
Puteiros de mil fodas já fodidos;
Chifres, que incham os testões desmedidos,
Se alguma Cona faz a coisa errada."
E lá foi que, chupado em um instante,
Nabo de Menelau qual ferro agudo,
Fendendo Helena se lhe pôs adiante:
"Nem largo nem cabaço, membro Agudo!
Não te salva, Helena, Páris amante:
Salva-te esta Pica, que fodeu tudo."

Vizconde de Siqueira

A RECEITA DA BOMBA NUM CADERNO DE CULINÁRIA

explodem
  as compotas de gengibre os carros prédios ônibus espaciais as bolsas de valores homens
explodem
  navios as granadas os postos de gasolina apartamentos em principados páginas de jorna
explodem
  as capas de revistas os jogos o vesúvio minas adormecidas vazamentos de gás sempre
explodem
  as culpas os segredos as cabeças dos políticos diante das câmeras de tv sorvetes também
explodem
  submarinos nucleares reputações tensões sociais aneurismas botões de flor e oh bombas
chocolate!

Observações matinais num táxi

Dois insetos copulam
sobre a velha edição do *Guia de Ruas*
amassada junto do câmbio.

O céu intelectual regurgita um amarelo-baunilha
no chantilly branquíssimo das nuvens.

O taxista lembra várias piadas rústicas
sobre viúvas com apetite adolescente.

E os dois insetos saem satisfeitos
pelo quebra-vento.

Dinheiro para a poesia, boas dicas

Técnicas empregadas, em linguagem pedestre
(relacionar com o mundo contemporâneo).
Dividir bem as seções da obra, & que recebam descrição posterior.
Falar da vida, da cidade, mostrar que os poemas
estão ligados a você como indivíduo.
Definir o tema do livro, apresentá-lo como uma unidade sólida.
Ressaltar sua brasilidade.
Explicar o título, se elusivo. Dar contornos sensíveis a ele.
Tirar todos os coelhos que ainda restarem na cartola.

"O TEMPORA, ETC."

do Registrum,
de Hugo de Trimberg

Pra ser rico a valer,
eu não viverei do saber:
aqui não se paga o lavor
e a arte não tem mais valor.
Hoje, Platão, o sutil,
seria o mendigo mais vil;
Virgílio e sua Musa
partilhariam uma blusa;
Homero teria sossego
em crises de câmbio e emprego?
O poeta, aqui, come apenas o vento
e deita de noite ao relento:
Os ricos, palermas cevados,
não manjam poesia, estou errado?

As Musas no Schlosspark em Potsdam

Duras deusas impiedosas, ciumentas
Verdes como as algas do mar
Querem te matar
Elas têm os olhos vazios
Não mudam
O vento não agita seus vestidos
Nem foi o vento que enrijeceu seus mamilos
Mas te prendem se você ousar
Te matam se você sequer ousar
Entregar a todas o pomo da discórdia
Se te ocorrer que a Dança a Música a História a Memória
Deveriam estar juntas
Você deve escolher & também virar estátua
E não mais sentir o vento.

Mas elas duram?

Gramática Simbólica

sapientia edificauit sibi domum

Uma se vê, outra se entende,
o santo com anjo no ombro
          aprende;
São sete ou seis falhas aqui,
são duas ou três perfeições
          e eu as vi;
Reconhece isto que é rosto,
feito de flores no espelho,
          composto?
Não apreende nos braços
e nem responde ao que vê
     nestes traços.
– Como eu posso sozinho
guiar os meus cegos
     por todo o caminho? –
Breve o seu brilho, e bem mais:
a silhueta do esforço
          que traz
tão bela a andar entre a gente.
Segredos não são pra você,
     passe à frente.

POSSESSIO DIABOLI

Não devo explicar a história
Quintiliano:
Ela deve ser *narrada.*

E então o papa declarou que os gatos,
assim como outros animais domésticos
estavam possuídos

possessio diaboli

os demônios
peludos de Giotto di Bondone.

(vício, espíritos diabólicos)

gatos mortos no fogo
as chamas do inferno na tua cidade
o pêlo fede queimado
espalhando a morte

ao que se segue a maior peste que assolou
o Velho Continente.

Je vous salue
Vierge Marie

Lúcifer
poema dramático de inspiração flamenga

Entra Enoch
Pés de pluma em terra de sombras,
adentro – adepto – o templo;
em visões já, me pedem em pulso
de idéias revele o *dáimon*, & eu digo:
"sílaba a sílaba vi sobre o livro
sintaxe angélica em sonho desperto
ir num desenho fluindo do braço,
gloriosa gloriosa ergue-o agora";
igitur, surge do alto o 'splendor,
& com três línguas (o anjo) de um fogo
dourado moveu com sua mão
os tendões do meu braço, & sorveu
o papiro inscrições num'assinatura
calígrafa ímpar. Dizia descendo
ao ouvido:
Entra o anjo
"Escuta a história, Enoch,
soando das hostes divinas: coortes
de anjos influíram aos homens
seu sêmen sagrado quand'inda sonhados
os Gigantes não 'stavam".
Do hálito – um pouco – inefável suspenso,
prossegue o sussurro:
"Nem todos os anjos tornam ao Empíreo:
Lúcifer, belo impecável, da paradisíaca
– posto imperfeita – beleza de Lilith humana
enamora-se, concupiscente; & outros assim,
que vêem as mulheres de *Ermon*.
Temo por ele & toco-o no braço,
*"o que pensas fazer,
insensato?"*, mas num átimo quase me'sflora
a cútis, com ódio, sacando do aço."
Lúcifer
"Pra trás, Miguel, que prometo
não te poupar."

Miguel
"Excedes tuas ordens,
conheço tua mente".
Lúcifer
"E tu, covarde, obedeces sem nunca
explorar o saber: volta pros campos do Empíreo,
tua 'spada sem brilho: baixa & guardada.
Afivela a dourada sandália depressa, divino,
e deixa-me em paz".

"Zombando ergue a espada,
& assim o deixei ao tornar entre o éter,
& então com ele os fiéis *Grigorí*",
Suave-brilhante sua voz s'entrecorta,
'spero o ditado de volta, no transe,
c'os os olhos virados pra dentro,
& ele diz:
"Os pomos da Terra & o corpo delgado
de mulheres & homens jovens desfrutam,
sabem o salgado suor & o açúcar das frutas,
da prole ingente, Gigantes gerados,
sequer se dão conta".
Asas d'Hipérion vacilam
& a fronte, má – fissifólias pupilas s'inflamam
–, escurece:
"Cruor escorria
na Terra, ímpio, de mortes humanas,
cabeças sem corpo & membros dispersos
das vítimas; armaduras douradas,
precipitam-se grandes falanges de anjos:
eu líder devasso inimigos,
& a batalha agrilhoa os Gigantes num poço
fuliginoso.
Deus troa antigo,
fulmen crebrumque, & a queda decreta
no atro Sheol d'arcadas escuras
ao lúrido Lúcifer & Legião."
Escande o arcano seu canto,

faixas douradas eludem meu braço;
num'stante suspiro perplexo como
agulhas saíssem-me aos poros
& pânfobos todos se afastam;
se m'estendem cidades de céu
trás os olhos, traves de rijo torpor
se dissipam no aroma florido
do angélico amplexo: & torna
a m'enovelar sua voz,
"*Pax*, hera impermista,
recobre-me agora, & peço perdão:
a ira sagrada 'inda turva,
retê-la é impossível em tuas veias
humanas, veneno da mente.
Por Lúcifer meu grande amor
'inda insta antes pois da expulsão
que lhe implore matar
tanto orgulho & luxúria.
Entre os ventos ao pé do *Ermon*
eu deslizo & o acho na gruta
com Lilith.

Lúcifer
Formoso Miguel, a que devo
o prazer de meus olhos?
E que dores pungem-te a vista?
Ou indeciso te encontro a quereres juntar
a duas perfeições mais a tua?
Miguel
Deixa o antro, te aviso & sei
o que digo. Teus filhos destróem a Terra,
és tu mesmo o imigo de ti tão cruel,
& tudo se perde.
Lilith
Sequer me diriges o olhar, doce amigo,
no entanto eis-me aqui,
& noto que sofres & noto teu nojo:
acaso faltarem-me as asas

congela-me em tanto desprezo?
Miguel
Vim corrigir o engano,
não cumprimentá-lo.
Lilith
Certo ou errado, contigo não há mundo,
contigo não há movimento: és dourado
de fogo, mas frio como aço.
Perderei o encanto, hei de morrer,
mas é infinita a doçura
do meu pouco tempo: viver condenado
transforma o espaço
e dá a medida do vento.
Deslizas no ar & o desprezas;
se não te podem ferir em fraquezas,
rígido estás como a rígida morte.
Miguel
Esta é a verdade que vês, como o inimigo
um homem não vê na armadura feroz.
Impassível diante de ti, quem dirá
o que contempla meu 'spírito antigo?
Ou quando torno ao abrigo de luz?
Não sabes, nem estimas, as luzes & as
trevas que presenciei.
Lúcifer
Plaudite, plaudite! Em todo caso,
teu vício de luz me aborrece
& a grandiloqüência me esfria.
Que ordens te dão a comunicar?
Miguel
Prerrogativas perdidas, esfaz-se
o direito que é teu ao Empíreo;
Terei de cumprir – & lamento –
a sentença que lança, a ti & aos teus
ao sulfúreo *Sheol.*
Te imploro: retorna & humilha-te
em nome da Luz.
Lúcifer

Perdi o privilégio &
perdeste teu tempo. Entende:
o fado cumprimos da própria
razão de haver, & não sou-lha contrário,
antes, piedoso, me prostro à vontade
que assim como é me formou.
Vai-te daqui & traz teus soldados,
veremos quem fere melhor,
quem na violência é o mais refinado."

Anjos: intactos de tempo, & entanto,
o relato o curvou, & o vi – como os velhos
se curvam à mesa cansados, ou a cavalo
por vezes impedem o passo – distante de si,
memória voraz a engoli-lo.
"Como negar-lhe razão?
Voltei-lhes as costas num raio
& eis-me de volta à 'sfera
onde concentram-se as tropas: trombetas,
espadas & escudos, hastes de sombra comprida
empunhamos, à beira-batalha.
Formas corriam, de nuvens, as altas colinas,
as rodas do tempo se apressam:
dia ou noite, os olhos se tingem
de escuro vermelho, das lágrimas
que então não ousamos chorar:
nem bem fendemos a flor do ar terrestre,
o contraste nos vem de imediato.
À fúria do ímpeto oposto,
aplicamos o ardor do dever,
soprando as trombetas divinas
de onde o som se 'spalhava: tremendo
estrondo abalava o solo da Terra.
Derrama-se a luz como fonte infinita
por trás de minhas tropas, cegando o inimigo;
Tinindo as espadas no embate empurramos
os caros irmãos, face a face.
Lúcifer tenho diante do escudo,

& lembra-me o amor que nos une,
apenas um instante, pois em terrível
surpresa, eis que transforma-se:
"É este o desígnio, cruel?", vocifera
um réptil demônio cinzento,
onde antes o anjo belíssimo houvera.
Torno meu rosto aos lados
& aos serafins do alto Empíreo
dão combate criaturas imundas:
anfíbios disformes em arneses;
o tronco truncado de um anjo
irrompe da cauda de inseto
& os braços de lado trocados;
lagartos com facas nos dentes,
peixes com pernas & feras atrozes
atacam, desordenadamente;
um porco-espinho expele insetos
de dentro do ânus, & o rosto
que fora o de um anjo, em terror,
desespera diante do ventre
de feia caligem que gera um ovo
repleto de vermes; aves com elmos
esticam minúsculas mãos sob as penas;
tocam instrumentos compostos
& desafinados, assaltam
os próprios colegas, devoram
os corpos que medram: a queda começa.
Num longo gemido, parecendo parir,
árvores caem & abre-se a fenda na terrra
que nada expectora, mas recebe & prende,
sob seu solo, os caídos – *que amarga*
colheita aguarda os dias
adiante? – inquiria.
Executo os gestos & digo as palavras arcanas
que selam para sempre esse solo.
Olho à volta & o silêncio dos lagos
doto d'um vago murmúrio perene,
homenagem ao pranto que todos vertemos,
os anjos, do evento nefando."

Nada mais diz. Sinto o eflúvio suave
subir de minha pele, & sou Enoch somente,
enfim outra vez.
Ergo-me então, fecho meu livro,
& deixo no templo as palavras
que não me pertencem.

Preciza-se de cozinheiro com prática

Que ele, de qualquer forma, faça aqueles ovos estalados,
sunny-side up, como os dois olhos de Hélios boiando no óleo,
nas ruas do centro velho fedendo a urina.
Não são portas de castelo aquelas paredes
com rochas enormes, espessas, onde num cubículo
estão os caras trabalhando em algo gorduroso;
ou um grupo de senhoras magras e suadas
com o cabelo preso e óculos, cigarro na boca,
costurando sentadas em filas nas máquinas *Singer*.
É duro fazer aquilo, quer dizer,
elas parecem absortas num contorno preciso.
E a nuvem cinzenta que paira
como em mesas ensebadas de baralho,
é claro, não ajuda.
Que o cozinheiro saiba torturar lingüiças na chapa
como os diabinhos fazem com as almas perdidas
em qualquer *Juízo Final* de painéis medievais.
Sabe sim. Com olhos sorrindo no rosto pespegado
de gotículas de suor, ele vira e diz:
Tá um inferno aqui, chefia.

Portico de la Gloria

Vozes inundam as pedras
sons humanos surgindo das bocas
como um abismo olhares vazios
de pedra a pedra construídos
erguidos do chão mas que
a ele pertencem pedra perene
pedra humana pedra de vozes
gloriosas do Portico de la Gloria.

Q FACE VOCÊ TERIA NAS ESTROFES?

Mesmo sem plumas
um pássaro,
a mecânica dos fluidos
apaixonada
em seus cabelos de pontas
irregulares,
o brando perfume das roupas
mornas,
e róseos flamingos
sob a hipnose verde dos olhos;
você me traz à memória
Vênus alada,
coração flamante
nas mãos,
ascendendo em Touro,
belíssima Beatriz.

Paraíso Perdido

Do amor eles já cansaram
(o côncavo do convexo);
da figueira que pilharam,
resta só o tapa-sexo.

The trouble with Harry

Um grupo de caça, dois velhos com rifles, querendo matar,
vai ao bosque vestindo laranja, e mira uma ave no ar.
No ar, entre as asas, seu peito de plumas sangra com chumbo.
Sob risos, cai quase morta mais esta ave do mundo.
"Mais uma ave do mundo? Não", sentencia a deusa dos bosques;
E faz com que Harry, iludido por falsa visão, se desloque:
"Vou lá pegar!" e se põe contra o sol sem achar sua presa.
Dick também quer matar, e não nota o truque da deusa:
Dispara numa ave do ar, mas acerta Harry no peito e no rosto,
que cai numa nuvem de sangue, e o osso da face é exposto
– como, escondido na farsa de máscara grave e normal,
surgisse por baixo o seu riso perverso, que é o real.
Os rifles mortais jazem no chão, pássaro algum jaz por perto.
Agora com medo, Dick não vê mais floresta: é um deserto;
um deserto em que lê em toda parte a palavra "vingança",
ou seria só o som do vento com as folhas, talvez numa dança?
"Harry não pode morrer, não sou assassino, e sou do governo".
E uma voz ao ouvido: "És sim um assassino, e este é o inferno."
Era a deusa: "A encrenca com Harry é bem pouco para ti, assassino:
repete comigo teu som sibilino: assassino, assassino, assassino."

Breve farsa iraquiana, em 4 atos
(ou *To save civilization itself*, ou *The guy who once tried to kill my dad*)

I *Cowboy*

"Suas armas de destruição em massa representam uma ameaça à paz":
você observa (por seis meses) soldados com máscaras de gás
revirando baldes e galões vazios numa edícula;

II *Gangster*

"Repito: não queimem os poços de petróleo,
isso será considerado crime de guerra": no fundo
você vê fogo e pilhagens no museu da Mesopotâmia;

III *Good cop*

"Estamos distribuindo alimento para a população civil":
no alto, você vê pacotes amarelos idênticos
às bombas, caindo em direção à população civil;

IV *Bad cop*

"Nossas forças foram levar a liberdade a um povo":
você vê soldados aos gritos apontando metralhadoras
para crianças de colo que, chorando, deixam suas casas e ajoelham.

2003

The Whore of Babylon

eles estão mortos, mais do que mortos,
a morte é grande neles e devora suas cabeças
quando no deserto ao meiodia o sol assusta
em morte seca e árida que trinca de calor.
o sangue é marca a ferro na pele da areia
suas bocas bebem grãos já quase vidro.
não há terror nem rastilho de explosões
é só o silêncio de uma luz que morde
grande como a morte impenetrável
que os mata quando mortos outra vez.

PROTEUS

A praia de águas mesclando o verde e o azul
viu o corpo cortar entre as ondas como um golfinho
até que pudesse na areia firmar seus dois pés
– e que barbatanas brilhantes gerassem dois braços–,
fechando as guelras no longo e elegante pescoço.
Por um reflexo, inspirou o novo ar pela boca
e entrou, cansado do esporte, na gruta das focas.
"Se um homem soubesse a arte de dissimular", ele pensa,
"seu terrível odor diante de um deus, não teria
Idotéia que dar o disfarce das amplas carcaças"
– das quais vêm agora gregos vermelhos de sangue,
gritando seu medo aos olhos dourados do deus.
Ao tremor dos dez braços, de cinco homens desesperados,
Proteus dá um sorriso que se escancara, cresce a juba fartíssima
de seus cabelos, e a pele se cobre de pêlos pardos; mas logo
se muda em verdes escamas, com a língua fendida
e seu hálito estala o calor de um vulcão, retraindo
os pêlos das barbas dos gregos; e assim uma pantera,
e assim um javali, para depois fluir como água de arroio
– no contrasenso da força dos homens – e agarrar
com raízes o solo da gruta: "Filho de *Atreu*, grande tolo,
não poderias jamais me enfrentar. Que preço estarias disposto a pagar
para que o mar não afundasse teu barco? Vejo a guerra
na ponta da espada que sai da bainha, nas cicatrizes do corpo
cansado e te digo: *Ajax* já dorme nos braços das algas,
Agamênon irá como um porco ao *Hades*. E tu?
Teus barcos de remos compridos te levam para casa.
Que casa? Que esposa? És um refugo da guerra, teus dias são breves,
tuas noites, sem fim. E além te asseguro: não duras."
E o deus se fundiu em fumaça com o ar, e, num sopro,
mergulhou um golfinho no mar ondulante.

Hyppica Servilizaçam Catholica

O hausto sujo diante das cruzes num campanário
tiros trovões revoam canários
armários caem dos prédios
                                        tédios suicidam a multidão

Rolhas não tapam a boca de alambiques
          e diques fraturados

          FOI-SE
               A CONTENÇÃO

Barreiras & barragens repletas de rachaduras
          escuras de cima
             a baixo
Num crucifixo do freixo do meio do mundo
Onde presa está nossa
          hyppica servilizaçam catholica

Cosmosofia
ou *resquícios de teologia negativa*

Não descerá um anjo
nem flamas a frontes sem paz
não haverá pedra que firme o sonho
não sofreremos o silêncio do oceano
não virá o vento varrer nosso ódio
não virá calar nossos insultos
não fugirão as estrelas
não voltará aquele que nunca veio.

É melhor você começar a fazer
a sua lição de casa.

FIM DA NOBREZA

duques e condes, marquesas, uma baronesa,
misturam-se na sala de audição
e parecem fechar os olhos para ouvir,
recostados às cadeiras de espaldares
com ornatos vegetais, acolchoadas
e com florões estampados, próximas
ao mármore veiado e às portas com padrões
sinuosos e exatos; tudo frio e só até que,

numa colunata, ao fundo, a mãe do Amor
colhe um dulcíssimo beijo da boca do filho,
um garotinho que beija como homem,
surpreendendo a própria deusa que não sabe
se o acolhe ternamente em seus braços
ou o enlaça apaixonada contra os seios nus;
a escultura ardente tem a aljava vazia nas costas:

teriam sido essas damas com tiaras negras
e penachos brancos, luvas claras, colares de pérola,
saias de brocado e casaco de pele, o alvo?
não, elas dormem ou cochilam juntas, esquecidas,
bolsas jazem no chão, estolas solapam cadeiras,
pernas esguias e torneadas revelam o topo elástico das meias
e os calcanhares são abraçados por fivelas amantes,
onde o fundo dos reposteiros também recebe
o abraço amoroso de laços plissando os tecidos

assim como os cavalheiros encostam as nucas
no alto das cadeiras e parecem imergir,
calçando o negro couro encerado dos sapatos,
o negro aveludado dos casacos, as cores
sibilinas das faixas de distinção e as comendas,
peitilhos como narcisos e lapelas cintilantes,
e parecem talvez embarcar para a morte
com os olhos fechados, como em salas de espera
de aeroportos para um último e tranqüilo vôo?

a luz não mais incomoda as camadas escuras do auditório,
nem o ruído o delicado equilíbrio de sono, senão levemente:
o perfumado silêncio se acetina num preto & branco
granulado, imóvel, belo e sem vida

O Barrete Frígio

Um armário da *gendarmerie*;
eis a baioneta,
guardada,
em que se lê a inscrição:
LIBERDADE.

O barrete frígio
no topo do crânio,
como a crista do galo de briga,
vermelha de sangue.

Ah! como é doce
queimar o inimigo
no ódio fervente
da massa!

[Só que as bebidas mais fortes
amanhecem piores
ressacas.]

Três capítulos de filosofia laica

1.
As regras têm a ver com pureza.
Pureza não é conhecer, mas evitar.

2.
Impureza ensina, tempera e estabelece valores.
Mas impureza em excesso turva.

3.
As regras são o fundamento
de onde parte a emoção da beleza.

O Cutelo

São ossos. E às vezes, a banha amarela nos ossos;
e às vezes, o sangue vermelho nas unhas.
São porcos, ou são as cabeças dos porcos,
penduram num gancho as cabeças,
ou a cara de estúpida morte dos porcos
no vidro embaçado do açougue.
Ou o branco, mas branco embebido de rosa,
o sangue no sonho de tripas,
sonha o açougueiro: que empunha um cutelo.
E o branco avental que se banha
ou que bebe, o sangue que salta dos nervos
num abraço com ossos, onde vibra o cutelo,
e como brilha o cutelo que corta:
é essa a virtude do aço no punho, que sobe,
ou a ameaça na roda vazia que o prende
no espaço do açougue, visível aos olhos,
anúncio de corte. Ou espeta seu fio numa pedra,
e o único olho vazio se concentra, à espera da carne.
São cortes na pedra lanhada de sangue,
ou fendas, de onde a morte o espreita,
açougueiro no sonho vermelho, acariciando
o fio afiado, o sorriso sutil do cutelo,
que corta. E então o cutelo é outra coisa:
nem porcos, nem nervos, nem ossos,
nem mesmo o açougueiro que o sonha,
mas parte extensiva do braço que o vibra,
e parte indelével do que ele mutila,
o fio afiado, o sorriso sutil do cutelo, que corta.

Lysistrata Picasso

Jovem
    educada sem maquiagem
      e a cafeteira fumegante
é um bispo negro do xadrez
    noite de nicotina
nos braços do rei Minos
LUZ e luz ainda
    dura como aço
le petit déjeuner
    sur l'herbe
    Chapéu com pluma
azul ciano
    olhos numa
        mínima
fração de tempo
e espaço
risca-de-giz
    negror
italiano nos olhos
numa franca batalha de formas
ELA clama
lágrimas Lisístrata
Lisístrata
com uma armadura aberta
nos seios
    o peixe dourado
os pães sobre a mesa
dois corpos
sobre o estrado
    o peixe dourado
sob as algas
a saia é só
um delta adorável
é só
uma batalha de formas:
marrom-terroso
contra carmim

ELA
choraria por entre as pernas
a luz pela janela
e uma canção andaluz
máscaras negras
bocas
côncavo
órgão sob linhas
cravelhas
uma espécie de espelho
nua como a floração
da primavera
flautas nas mãos dos meninos nus
que parecem meninas
saúdam seu corpo explodindo
côncavo oco
de um violão
uma festa de trapos de roupas
sob o sol
da praia dourada
sob a sombra dos olhos negros
cabelos de fios de viola
Ela cresce do barro úmido terracota
com sua armadura dourada,
Lisístrata, Lisístrata
ela diz.
Abater num só golpe
o touro com laços mitraicos
nos chifres.

Vesper Express

Quando eu sair pela porta do vagão,
portando flores novas em botão,
o vento dirá que não andei nua:
minha crina se inflamará na rua,

e meus olhos serenos de certeza,
e meu corpo brilhando à luz do outono,
se despedem agora de mim mesma,
à janela, e outra, como um sonho.

BIONDETTA
diz o Alvare, de Cazotte

Tão feliz com você, Biondetta,
que brilha loira como o sol
em seu calor & crueldade.

Não dormi com você, Biondetta,
pois não houve dormir entre nós,
nem amor pode haver.

Eu te amo, Biondetta.

Bicicletas

É claro que você desconfia da simplicidade
tudo o que você teve sempre foi muito difícil

Mas eu proponho o seguinte:

Dê uma olhada no sujeito que começa
a andar de bicicleta e depois dê uma olhada
no garoto que sempre andou de bicicleta

Fantasiestücke
(serpentinato)

piano
    escaravelho
de madeira
    na sala
sorriso de
    dentes
        à mostra
canta com
    a boca
no alto
    do crânio:
cordas
    vocais
harpa
    num
cofre
    piano
de cauda
    negra
fera
    pantera
de quatro
    patas
plantadas
    reluz
sob o toque
    gentil
sem inveja
    dos vôos
agudos
    floreios
sem fim
    do colibri
de casaca
    violador
voador
    violino.

Como teria sido entre Adônis e Vênus

ADÔN. "Nunca amei tanto
nada tão caro aos meus olhos
nenhuma pele tão fresca e tão cheia de vida
nenhuma palavra com o doce contorno dos seus lábios
nenhum seio grande e firme como os do seu peito maduro
bebo a vida incandescente dos seus lábios estrangeiros
beijo seus olhos que têm o dom de ver e escolher
abraço sua pele, seus ombros largos, enlaço seus dedos
mordo a auréola sagrada dos seus seios pesados, redondos
penetro entre as suas pernas longas vistas no recorte lateral da túnica
nunca amei tanto nem com tal fervor
um corpo tão belo perfeito desfrute divino
mulher de quarenta anos."

VÊN. "Estou triste?
Não estou triste.
Palavras podem ser doces ou não, palavras de anis:
Adônis, Adônis,
a língua, o palato, produzem você novamente.

Podem ser duras ou não, palavras de ônix:
Adônis, Adônis.

Você está morto?
Você não está morto.
Eu lhe dei minha vida e meu corpo,
minha palavra,
e minhas dádivas triunfam sobre a natureza.

Meu nome é como a noite.

Apenas um homem, você.
Eu sou o prazer, o perfume, a sabedoria
da vida."

ADEUS PARA SEMPRE

Onze horas da noite
um labirinto entre mesas pessoas e copos
ela parece saber o que fazer

:

sairá com seu corpo destro e esguio pela porta de madeira e vidro
empurrando com segurança a faixa no centro e com a mão direita
(na mão esquerda está a bolsa: a conta, ela insite em pagar);
não há um porquê ninguém perderia tempo
tentando explicar

:

haverá o discreto frescor da noite de agosto
um beijo
os dedos na franja dourada sobre o rosto
olhares de infinita cumplicidade de parte a parte
& um breve adeus para sempre.

Elefante

Grandes e amarelas ossadas, marfim,
o couro curvado em pregas,
olhos no couro repuxado
como que por ganchos;

Arcos de costelas, os compostos de cálcio,
sólido-árido, toneladas
de morte ventando em savanas
sob o sol:

foram grandes; o solo tremeu
sob o diâmetro das patas,
não mais tememos o lento esforço
de seu peso,
mas algo branco e ainda maior.

Oculus imaginationis

O que é voltar para casa?
Casa é lugar algum, é bom aprender desde cedo.

Às vezes eu volto para casa, de um longo torpor,
de me sentir perdido no turbilhão de coisas que não me dizem respeito,
e lá estão a máscara negra de nariz pontudo,
o deus que dança com suas quatro mãos fazendo como que *mudhras*,
três das filhas da Memória, nuas com símbolos,
estantes de livros perfumadas como adegas de vinho,
as vozes das canções de Josquin Desprez.

Estou em casa?

Metafísica

Acordar com o dia e os pássaros:
todos os outros já nos corredores
com o frio e o sol nas amplas janelas.
Você pronuncia a palavra "ablução" e sorri,
lava o rosto e as mãos, escolhe em silêncio
o caminho que leva à cozinha, onde o caseiro deixou
as achas em pilha, e põe tudo no forno de ferro.
Demora a acender o antigo mistério, o fogo,
e passa a cortar em fatias bem finas
os frescos tomates na tábua repleta de rugas.
Lavar cevadinha em água e lembrar de tirar
da geladeira o vinho branco;
colher amoras (uma torta, a sobremesa),
subir o morro além do lago entre os pinheiros
perfumados e quem sabe, neste dia,
encontrar a deusa inquieta de têmporas aladas.

Plow the land

Plow the land,
disse um capelão inglês,
para que um homem se mantenha honesto.

Vêm primeiro os botões,
a flor e então o fruto verde,
que avermelha com a prudência dos dias.

No silêncio matinal, a árvore que Pomona
faz estalar. Rugosos veios no chão começam
a rebentar de folhas frágeis como um embrião.

Chamavam versos a esses veios.

Acolho o fruto e agradeço, imediato campesino;
à noite a floresta doará suas forças à minha fantasia,
como a árvore doou fruto à minha fome neste dia.

Plow the land:
agradeço-lhe curvando-me
à sua vegetal sabedoria.

Caráter

A erosão também nos escava, humanos,
e assim é que, sob as maçãs do rosto,
aos poucos se alongam dois vales
e a pele encraquela-se abrindo sorriso.

Eliot descreve o terrível John Webster,
dos velhos palcos ingleses, alguém que,
possuído bastante de morte, visse
a caveira por baixo da pele.

Sim: os contos do amor pela morte
confundem-se às vezes, fraqueza,
com uma força diversa, eu diria,
como quem disse, o *amor vergel desabrocha.*

Pois é possível pensar também
que o tempo aprofunda caráter;
não o caráter sisudo da ordem

mantida a custo de pena, impassível,
mas como se usa o vocábulo elástico
para dizer a virtude de um vinho, curtido.

PRINCÍPIO NEM FIM

O fim igual ao princípio:
Aí nossa visibilidade começa.
Murilo Mendes

em pé agora e após quanto tempo,
diante da água, a mesma água de sempre,
que nunca permite a estas rochas secar;
e há um silêncio inumano,
silêncio de água e de rocha, e recessos distantes;
não vou durar muito, ou torno ao início,
para pensar com vagar ou talvez
reconhecer nessas ondulações o padrão do tempo
que há de apagar o meu corpo, a minha memória, tão rápido
como às secas pegadas que imóvel imprimi nestas rochas.

Durar & Permanecer

É preciso esquecer para lembrar:
o tempo nos acossa com a multitude
que os olhos sem distingüir desfiguram;
        do peso da terra de séculos ressurge
o deus faraó envolto em cinzas e pó;
da têmpera em cacos,
a fagulha do anjo no sonho de Constantino.
        Tudo surge para derreter e partir,
como um sonho que aperta
resquícios do dia num redemoinho
onde andamos não raro suspensos
entre ignorar e saber.
        E isso é história: a sombra retorna,
sussurra seu nome em bocas futuras
e mesmo dirá *fuit hic*: apenas memória?

A Morte das Estrelas

I

MIL VOLTS
    eletricidade
desfibriladores
neurônios sinapses
um caminho brilhante
na tua cabeça
    como a avenida
com luzes à noite
um cartão postal
numa homenagem
à cabeça já sem cabelos
de Thomas Edison.

II

o luminoso amarelo
milagre extático
    de (Dânae) Sta. Teresa D'Ávila:
as vestes molhadas de Sta. Teresa D'Ávila
    úmidas do suor
do êxtase sobre-humano
oferecido por um anjo
que Bernini imaginou
    como o filho emplumado
        da Veneranda.

Cantochão:
    A-A-A-A-le-ê-e-ê-e-ê-lúuíiAahhh

III

como uma explosão de estrelas
    como a luz desprendida
numa supernova

na forma de uma coroa de ouro
como jóias de baixo quilate
num trapo de negro veludo
nas mãos da vendedora hippie

IV

o universo de Stephen Hawking e a lei universal
do nada se cria
luciferina lei do nada se cria
onde havendo luz
onde o fiat lux divino
onde as mais miríficas criações todas convergem
para simplesmente um buraco negro
καός
engolidor de energia
(mesmo a calçada da fama)

V

Zeus elétrico
cavalo-vapor
a bruma dos beiços
dos cavalos sagrados de Neptunus
arfando entre os dentes
sobre a gélida onda do Oceano
os ventos desfazem as crinas de espuma
ó Neptunus
libera o Kraken.

Raios rugindo no Monte Aventino
estaremos mortos logo amanhã?

Asnos dos Livros

"Si sabrá más el discípulo?"
Francisco de Goya y Lucientes

I

Minipoeta com versos de palha,
livros-bocejo, lambidos de lesmas,
manto mentido, cuspido por asnos
que zurram seu nome.

II

Quando um burro ensina discípulos,
as mãos viram patas, engasta
a caneta no casco forcado e nunca
desata.

III

A língua se perde, palavras patinam
diante do dono: salta o chicote
no lombo, cravam esporas na presa
que pasta.

IV

Preso num poste, o animal que se encoste
erguendo uma perna; o membro viril sacode
um líquido chucro que escorre entre as patas
do burro.

V

E é assim que se esgota
o que era uma tropa
de zurros.

Bairro Dormitório

Viemos dormir algumas horas
Chegamos com malas de plástico repletas de tranqueiras
E a cabeça repleta de cerveja
Zonzos, rimos e trombamos
Não se assuste: os perigosos vão de carro
Por quatro horas rolaremos nos beliches empilhados
Quartos quentes como fornos, nem há como tomar banho
Uns disfarçam na torneira, um pouco d'água nos sovacos
Enquanto fumam seus cigarros
Mas isso não é regra
Nos ônibus nós dormimos de manhã
E cheiramos mesmo a álcool e suor: os nossos sonhos
Acertam os cidadãos nos ombros ou as janelas ensebadas
Onde a luz baça e preguiçosa da manhã nos fere os olhos de amarelo
Mas temos braços fortes e boas pernas
Pra juntar a bugiganga que o meganha quer garfar
E sebo nas canelas.

Zóião

C nunca tá contente,
C só qué o q os ôtro têm,
mané zóião,
mané zóião, zóião.

Tá pensano q tem boi?
Tá pensano q tem boi, maluco?
C é mó zóião,
C é mó zóião, zóião.

Canção do Inverno de Nossas Almas

É inútil.

Mantenho minha história
de mentiras e certezas,
pescando alguma glória
nessas águas de represa.

Um homem não é o que é:
dias passam, noites voam;
como então ficar em pé
se os anos se desfolham?

Vestir o inverno, paciente, essa
lenta ruína que tudo estraga?
Multidão aos trancos, essa gente,
insisto, leva uma vida magra.

PATCHWORK

laço de forca flash nos olhos
    peruca;
morangos ardentes um tigre em coleira
    piscina;
gel na pele de plástico rosto
    sem sobrancelha;
citrina & sofá-maçã-verde,
    cromos de safo;
peixes dourados couro e batom
    mentolado;
saltos-agulha pernas sem fim
    bulimia acetato;
virgens e kohl lágrimas negras
    chicote na carne;
piercing neoprene e manga
    bufante;
redingote veludo e voile
    jardim na inglaterra;
raquel zimmermann e um camaleão
    no fundo amarelo.

VALE DO DEMÔNIO ANNO DOMINI 2003

Le pauvre monde est sujet à l'erreur.
Laurent Tailhade, "Ballade (touchant la variété des jugements humains)"

Do viaduto você divisa o vale do *anhanga*,
o "demônio", com seus chifres e cauda:
um hiato sob as palmeiras de folhas amplas
que fatiam com suas lâminas o vento encanado;

no Municipal há o beijo de enlace neoclássico
de Eros e Psiquê; a *belle époque* dos italianos
nada anarquistas, mas talvez, oh sim, *artistas*,
que talvez lessem D'Annunzio com prazer;

os chafarizes onde farreiam moleques de rua
não têm nada de torpe, nem de Verlaine. Vivos
túneis do metrô, *office-boys* e envelopes pardos,
azulejos pichados no Largo da decadente Memória :

em 84 no Vale não era só escorraçar Figueiredo
ou outro fantoche de farda; votar mal, sobretudo;
um belo lugar pra se encher de gente e dizer:
"Chega", ou "estamos fartos", com a bênção

da *Diana dos Bosques*, rainha dos bêbados loucos
do Vale, e filha de Jean-Antoine Houdon (17 etc),
o mesmo do sorriso maroto do velho Voltaire:
"*il faut cultiver nôtre jardin*" – jardineiros de merda.

Pregadores cristãos na praça com línguas de fogo
– bênçãos das pombas dos Correios – dentro
de ternos surrados; ciganas te agarram e há uma luz,
diáfana, que surge ao fundo no horizonte.

As folhas das palmeiras se movem,
como seus cabelos, contra o vento
que leva embora os ruídos e a inutilidade
da sua opinião sobre as coisas deste mundo.

It's the end of the world as we know it
(and I feel fine)

Vemos apenas o topo das placas de trânsito
em Sheffield, agora um lago.

Turcos nadam em chafarizes
abraçados a pedras de gelo, contra o calor.

Um tufão lança os caminhões
uns sobre os outros numa *Autobahn* alemã.

New Orleans se transforma
apenas num estádio repleto de desabrigados.

Ilhas no Pacífico desaparecem
nos mapas de satélite, sob ondas de 10 m.

Uma geleira do tamanho de São Paulo
se desprende da massa continental no Pólo Norte.

E as ameixas do fim do ano aparecem
em junho com pessoas sorrindo e comprando.

Quebra-Cabeça
para Isabela e Ricardo

Há crianças,
elas exigem que você se comporte
e entenda a história,
que evidentemente tem um sentido.

Não é uma questão de disciplina,
mas de imaginação:
basta compreender as coordenadas
de onde não há dúvidas:

"Todas as perguntas têm resposta
se você sabe perguntar direito",
dizem elas,
"e quem responde?", você pergunta.

"Tá vendo?
já perguntou errado."

173456

Ela
está certa, na madrugada, de ter ouvido (ou sentido) uma presença, como uma pancada na porta de casa; levanta; o brilho dos faróis dos carros como olhos nas venezianas encontram o copo d'água ainda cheio, transparente como um cristal; na madrugada, ela desperta com o sobressalto de quando num pesadelo se grita e a voz encontra a parede dos lábios cerrados; ela se ergueu da cama e o desenho da sua cabeça permanecia deitado no travesseiro amarelo, morno, ameaçador como um fantasma; um barulho, não no metal da fechadura, mas na madeira da porta; ruído não, mas seco, um roçar áspero como o da verdade; áspero e forte; uma respiração que subiu ao teto com uma gargalhada: o odor grosseiro do álcool misturado à saliva e aos ácidos intestinais; suor; no canto escuro do quarto, a sombra alta em pé; mas não teria sido na porta da frente, para a qual voltou o rosto assim que seus pés tocaram o chão? e uma corrente elétrica subiu aos seus cabelos? Talvez ela devesse abrir o livro e começar a ler em voz alta; que quarto, que roupas, ela está nesse momento considerando o efeito da solidão; não fosse o ventilador os insetos não me deixariam dormir; suas unhas, os óxidos metálicos; olhou para a porta; a vizinha às vezes chega tarde (ou cedo, como preferir), acende as luzes do corredor; a luminosidade vinha pela fresta do chão e pela soleira, assim como os carros que passam pelas ruas arranham faíscas no teto; nenhuma surpresa horrível; nenhum cigarro esta noite; ouviu falar de dentes trincados de medo; não ela que já viu o pior de tudo; não ela que ensinaria prazer e morte a qualquer um; voltou para a cama como uma máquina fria; &, estranhamente, teria sonhado com os animais hirsutos, um livro com fechadura, a Babilônia.

Os Anéis de Saturno
foram criados por forte colisão

estas são as principais notícias

... um período de ignorância e trevas...

fogo
nos livros nas estantes

gancho no pescoço
pendurado no freezer

um osso com nervos no quintal
da família Churrasco

cavernas de osso
espécies extintas de osso
o osso
que o tempo amarelou

(vacas mastigam)

um careca de regatas e cartola um charuto
ele fura o caneco com o jato das tripas
amoníaco
GARGALHADA

espocos na renda marinha dos seios

a velocidade do metrô
gera fantasmas

olhos no vício da luz

pedras cascalhos de brilhos
são gases e uma lua pulverizada

sua conta de banco
em caracteres góticos
no computador

OHHHHHHHHHHHHHHHHHHHHHHHO

lamento muito e sempre
sentimos informar
meus pêsames
oh por favor
apenas diga como o prazer
caberia como fazer como
comer
DECENTEMENTE
em qualquer lugar?

pra que os teus poucos anos
sobre duas pernas
não sejam somente miséria.

um apátrida em seu próprio país
um apátrida em qualquer parte

os livros cheios de traças vermes fungos
as letras-vermes se revirando no cérebro
um homem de óculos
come as páginas
arranca uma a uma

não pode mais nos socorrer
incapaz de manter
a virtude de sua mente
agora em pedaços
agora louco
devora

o flavo Saturno
será transformado em ferro

(poetae minores:
poesia tolanêmica murmúrio conversa fiada)

nervos nos ossos
lacerados

negócios
são sempre os malditos negócios
(vacas mastigam)

quepe de couro com distintivo, na porta do banco
canteiro sem plantas, repleto de pardas bolotas

uma bola de ferro
arrebenta a janela da tua casa

os mortais
levam a sombra para o passeio matutino

suor VS toxinas
b(i)otox(ina)

homens no vestiário:
carros futebol política

jovens de carne úmida
olhando de dentro das páginas
"que olhar doentio", alguém diz

beberás do seu sangue
e será vinagre aos teus lábios
comerás da sua carne
e estará podre ao teu paladar

pele retorcida nas partes
de trás das pernas
velhos tentando entrar na piscina

(fique em casa
não saia.)

a janela, o olho, os milhares de quilômetros
do diâmetro da Terra.

(fique em casa
não saia.
                    vão te matar hoje às nove.
cai fora.
não volta.
some daqui.)

ninguém quer ficar a sós
a ameaça da sombra.

esta es la hora amarilla de los lobos.

... uma época grosseira e estúpida...

perturbações aerostáticas
ninguém agora conseguiria prever
ondas de som se achatando
sensitivos urram de horror
sangram pelo ouvido

o dorso brilhante do animal marinho
na mágoa carmim da água do mar

centelhas se espalham faíscas

surge o avatar da multimérdia

a pronunciada
calvície moral da cúpula
de investidores internacionais

medir e contar
os números imaginários

não. nem em face do Armagedon.
nunca transigir

for devil is awareness

cabeças de porco penduradas no açougue
pousam moscas
atrás do sangue

dentes podres
bananas pretas pendendo
uma cachoeira

os cães seguros pelos pêlos
soltando espuma
desejam matar

(os cães perseguem o cheiro doce
as patas resvalam
velozes
quase nem tocam o chão
o doce aroma
do medo)

caminhamos lado a lado
somos irmãos
nossas caveiras se cumprimentam
no caminho que nos iguala

a verdadeira face de um deus
rictus de morte nos olhos
também ele encena a morte
e a vida de novo, e a morte.

os cães assassinos cobiçam tua carne
a guerra cobiça um orgasmo de sangue

pastas de plutônio enriquecido

um homem ergue 100 kg nos dentes

a geada destrói a colheita no sul

pessoas gritando contra jatos d'água

animais enormes mastigam pessoas
em filmes dublados

ser um átomo na sociopatologia
com a fibra de um furacão

o século XX
desceu por um ralo

eles lêem os jornais com os traseiros

fogo nas ruas

"e eu romperei os selos do livro místico"

... quando tudo então fará sentido

Numa Manhã de Neblina

I

Inverno
posto de gasolina
velhos que perderam o caminho
penetram a neblina-açafrão
improvável
pessoas apertam os braços junto ao corpo
abaixam as cabeças
penetram a densa neblina
para o trabalho.

II

Pequena
fornalha de ferro fundido
à porta do restaurante;
cinco pombas na guia
bicando os grãos de gergelim
num pão manchado de verde mofo;
chego em casa
e o perfume do café matinal
me recebe no ar.

Uma Breve História do Tempo

Subitamente, agora, olho através dos livros,
através das páginas; não há sentido ou vontade
a que me agarrar: as palavras flutuam reticentes
num vazio de consciência...

"vazio de consciência":

parado diante da porta, atônito, ele
confronta o próprio rosto que não o vê;
há pelo menos três de si mesmo
fazendo coisas alheias a si;
há um bebê flutuando para a luz,
há o movimento sem som
de seu corpo tentando apreender os eventos,
recolhê-los como se recolhem dados numa mesa
ou peças num tabuleiro de xadrez.

Mas não.

PÉGASO: UMA ALEGORIA

As três Gréias assombram Perseu
na antiga língua dos mistérios:

"Perseus coteyfe a velha ermyda vem trobar;
Stygias nymphas, cuyd'eu, putas filhar;
vejo-lhi o paaço ençujar c'o goivo
d'Athena dea aguisada."

"Gran savor nam av'redes, se vo'-lo contar,
parávoa, Perseus, de bon parecer";

mas ele prossegue, pára diante
da cabeça dracônia no sono imortal;
calcula o golpe do aço divino,
decepa Medusa (o goivo faísca na pedra,
nervos, músculos, ossos amputa)

e do sangue surge, imprevista,
a vida com asas.

:

Pequenos, pequenos olhos de obsidiana
atravessando o pátio incrustados no rosto,
frio de junho, silêncio mineral;
folhas cinzentas quietas são espelhos.

Noite de pedra e branco titânio,
o céu é um xale negro português,
lídimos fios de prata, seus braços cruzados :

Sonho Grande Guarda-Chuva

1

18º C, úmido
debaixo das asas do morcego
impermeáveis
a cidade que é a mesma cidade
em todas as cidades

Aristide Bruant
sob o chapéu negro
em seu cabaré
com uma coral no pescoço

Bruant confia demais
o feltro de luxo lançado ao público
que aplaude

2

l'amour n'est qu'une memoire
ça vaut dire
heureuse

Carlos Magno passa por cima
de várias tropas árabes,
vemos sua lança, as flautas
esquecidas, o elmo cobre o que vai
sobre o pescoço

Olivier, Olivier,
um fantasma vaga assim em Roncesvalles.
        silêncio

Gabriel traz a mensagem na trompa de osso,
o túmulo vazio, azul-ferrete, loor
de smta Maria, o virginal,
folhas de oliveira, os varais, a canção
sofrida do cânone a três vozes

        Branle de Bourgogne
        Dancemos nós todas

3

Chuva, poucos insetos nas flores amarelas,
gerânios na janela, a velha usa um xale negro
antes do Inverno; tapeçaria árabe e voltamos
à morte de Roland: *très courageux*,
mas *stupide*.

A planura escuta somente a chuva, um carro
se foi há dez segundos, já nem ouvimos mais
neste silêncio: a terra é vermelha, o céu azul-ferrete,
a grama vadia é verde oliva, as oliveiras
descarregadas pelas mãos velhas
as velhas põem as azeitonas num cesto de vime
umas espremem o óleo na mão, outras comem,
as velhas sorriem

  silêncio
  desdichada,
  des
  di
  cha
  da

4

Águas lavam o tempo, as varandas de lajotas,
está en tiempo de amar, casarás, as famílias antigas
os patriarcas ignorantes, as meninas de anáguas, vestidos brancos
organza, um véu, o perfume das coisas velhas,
da jóia de contas de pérolas falsas, as luvas de renda,
o smoking cinzento que já foi preto,
um ford que levava latas amarradas em cortante,
o cheiro de óleo diesel,
a porta de casa com a mãe e a criança sépia,
1950 os bigodes de repartição pública, os filhos de África e Europa
gritos no meio da noite,
cabelos já desgrenhados, sem o laquê
e o amor que não era.

A faca vingadora nas mãos do novo criminoso na quermesse
"não, não era isso"
os homens que fizeram o mundo
andar sem canções decentes, sem dança de braços dados

Branle de Champagne
Shall we dance?

5

Sem perguntar nada, dançam todos quando o fagote,
a viola d'amores, numa dança
mas os cavaliers armatz
atravessam as cores, as cotas de malha,
os capacetes, braços,
pernas, o cavalo de capa vermelha, a lança rasga o saio verde

um jogo de cores e linhas, um jogo são símbolos

♠ ♣ ♡ ♢

porque ninguém pode saber o que há
entre quatro homens sentados, cartas
uma mesa marrom-escura
e uma garrafa
papéis no bolso, macerados

Um jogador num cabaré de pernas para o alto, uma mesa,
chumbo, fumaça, e os velhos esgotando as economias
bingos, videopoker, velhas agarradas em bolsinhas
seguranças audiophones,
o inferno são os outros
principalmente o inferno
mesquinho de não haver nada no horizonte

O falcoeiro
perdeu o falcão

6

Agora a melancolia põe a tua mão no queixo
o cotovelo no joelho, e lamentas observando
o que jamais conhecerás;
arcana, símbolos dispersos, a natureza
um livro de coisas
dispersão
queres religar
e estás perdido no deserto
onde as salamandras ardem sem queimar
mas ardes queimas
pandeiros, um saltarello
pífaros

As flores amarelas, flores gramofones, flores
sob os teus pés, flores que saem de bolsas em tua homenagem
flores cobrem o chão, flores voam das mãos, flores
anunciam o que virá, as flores amarelas com mil bocas
beijando o ar, as flores germinando, os botões se multiplicam
num só ramo, pequeninos, e abrem flores sobre flores

naçe la malva en ella
naçe la malva en e-e-ella.

7

Como refazer a chuva
    a partir de gotas dispersas

?

Uma flor na lapela, uma flor e uma máscara
o virginal, uma flor abraçada junto aos seios de
smta Maria, en loor, as pálpebras baixas e pesadas
que se compõem com os lábios,
na doçura do tempo novo, uma canção de flautas só,
sem lanças: as asas de pássaro brancas que se erguem nas costas
um arco de campanário, o ouro nas vestes azuis
de Maria Madalena, de Hans Memling

Silêncio
Lágrimas

8

as sete lágrimas, as dez mil lágrimas, as lágrimas
de la mi cara, as lágrimas de Carlos Magno
com o corpo do sobrinho nos braços, o corpo curvado
sobre o campo devastado, a cabeça no joelho, os cantos
dos lábios trêmulos, uma tristeza que ficará selada
        no berço dos teus joelhos
        c'est la guerre

Dançar e bailar e cantar
Branle de Boulogne

9

Bruant o bufão se curva
apresenta a coral vermelha enrolada no pescoço
chuva de aplausos.

Elysium

Pedra no monte
as nuvens se achatam
em direção ao horizonte

silêncio

vazio

silêncio de pedra e distância

(o tempo é uma ilusão)

minha mente
já esteve aqui

(o espaço é uma ilusão)

um velho se ergue da mesa
com a força das mãos
dedos artrite

esse é o velho deus

as almas
como as pombas
pousam nos pórticos.

Gabriel
e as asas: nuvens:
gás condensado
flocos fulvos flutuam
clarão cítrico no azul ciano
cirros
estratos
cúmulos-nimbos

flores de gás branco sobre metileno
    estrias sobre a pele azul do céu

        Ptolomeu
os anéis nos dedos de deus
            sopro   na terra
uma canção escrita   enrolada num
papel
            presa à boca

papiro de trombetas

Gabriel
    com cabelos de *Beethoven*

            nuvens
        Alegria
        Alegria

Töchter aus Elysium

Responda rápido

Me perguntaram
por fim
se estou bem

estou bem?

Há nove maneiras honestas
de responder a isso
sem ser compreendido

estou bem

Boa Noite

Boa noite em que se afundam espinhos no travesseiro
Boa noite em que se corta o cedro do sorriso
Boa noite sob o lago negro do tinteiro
Boa noite uma pomada escura que se bebe pelos poros

Boa noite

Boa noite em sonho de folha verde estalando
Boa noite de segredo surdo mantido em capa de veludo
Boa noite de vôo entre os cabelos & no rosto
Boa noite de rosado quente na boca

Boa noite

Boa noite que se espelha no oceano
Boa noite de louça partida que se transforma em leite na madrugada
Boa noite de terra cavada e raízes que crescem dos olhos
Boa noite amarela cegante & gloriosa da invenção

Boa noite

Boa noite de metal que brilha cremoso na distância
Boa noite da bênção das heras & musgo que recobrem toda a pele
Boa noite cantora do silêncio musical que são sereias
Boa noite lenta como a câmera sem pressa da lembrança

Boa noite

Envio

Deusa de longos cabelos castanho-claros
que cortesmente impediu meu beijo
e leva na mão a balança
e leva no ombro a coruja
    anseio o contato adiado
    sob suas vestes suaves
odoríferas.

Livros do autor

1. MCMXCVIII, 1998
2. Descort, 2003

Poemas em revistas & antologias

1. Ácaro, 2002
2. Ciência & Cultura, 2003
3. Rattapallax, 2003 (EUA)
4. Poetry Wales, 2007 (País de Gales)
5. Modo de Usar & Co., 2007
6. Antologia Sadomasoquista da Literatura Brasileira, 2008

Traduções

1. Lustra (Ezra Pound), 2004 (inédito)
2. Imagens de um mundo trêmulo (John Milton), 2006
3. Um anarquista e outros contos (Joseph Conrad), 2008

Introduções

1. Contos Indianos (Stéphane Mallarmé), 2006
2. A Trágica História do Doutor Fausto (Christopher Marlowe), 2006
3. Spleen de Paris: Pequenos Poemas em Prosa (Charles Baudelaire), 2007
4. Escritos sobre arte (Charles Baudelaire), 2008
5. Um anarquista e outros contos (Joseph Conrad), 2008

Ensaios

1. "Sem janelas ou portas para a percepção", *Dossiê Cult sobre Fernando Pessoa*, 2005
2. "¿En qué se apoya tal arquitectura?", sobre Ferreira Gullar, 2007 (México, 2007)
3. Officina Perniciosa, Folha Elétrica e Thesaurus (ensaios de revisão literária, traduções e sátiras: http://www.germinaliteratura.com.br)

Adverte-se aos curiosos que se imprimiu esta obra nas oficinas da gráfica Vida & Consciência em 9 de outubro de 2008, em papel off-set 90 gramas, composta em tipologia Walbaum Monotype, em plataforma Linux (Gentoo, Ubuntu), com os softwares livres Gimp, LaTeX (classe octavo), SVN e TRAC.